# पेंगुइन स्वदेश

# आक के पत्ते

अमृता प्रीतम पंजाबी के सबसे लोकप्रिय लेखकों में से एक थी। अमृता प्रीतम का जन्म 1919 में गुजरांवाला पंजाब (भारत) में हुआ। उनका बचपन लाहौर में बीता और शिक्षा भी वहीं हुई। किशोरावस्था से उन्होंने लिखना शुरू किया। उन्होंने सौ से अधिक कविताओं की किताब लिखी, साथ ही फिक्शन, बायोग्राफी, आलेख और आटोबायोग्राफी लिखकर साहित्य में नया मुकाम हासिल किया। इनकी तमाम पुस्तकों का कई भारतीय भाषाओं सहित विदेशी भाषाओं में भी अनुवाद हुआ। अमृता प्रीतम पहली महिला लेखिका हैं, जिन्हें 1956 में साहित्य अकादमी पुरस्कार मिला। 1982 में उन्हें *काग़ज़ ते कैनवास* के लिए ज्ञानपीठ पुरस्कार मिला। 2004 में पद्मविभूषण भी प्रदान किया गया।

# आक के पत्ते

अमृता प्रीतम

पेंगुइन स्वदेश
पेंगुइन रैंडम हाउस इंप्रिंट

पेंगुइन स्वदेश

यूएसए। कनाडा। यूके। आयरलैंड। ऑस्ट्रेलिया। सिंगापुर
न्यू ज़ीलैंड। भारत। दक्षिण अफ्रीका। चीन

पेंगुइन स्वदेश, पेंगुइन रैंडम हाउस ग्रुप ऑफ़ कंपनीज़ का हिस्सा है,
जिसका पता global.penguinrandomhouse.com पर मिलेगा

पेंगुइन रैंडम हाउस इंडिया प्रा. लि.,
चौथी मंज़िल, कैपिटल टावर-1, एम जी रोड,
गुरुग्राम 122 002, हरियाणा, भारत

पेंगुइन
रैंडम हाउस
इंडिया

प्रथम हिन्दी संस्करण हिन्द पॉकेट बुक्स द्वारा 1973 में प्रकाशित
प्रस्तुत हिंदी संस्करण पेंगुइन स्वदेश में पेंगुइन रैंडम हाउस द्वारा 2026 में प्रकाशित



10 9 8 7 6 5 4 3 2



ISBN : 9789353495435

मुद्रकः रेप्रो इंडिया लिमिटेड



www.penguin.co.in

FSC www.fsc.org MIX Paper from responsible sources FSC® C047271

This is a legitimate digitally printed version of the book and therefore might not
have certain extra finishing on the cover.

**उनके नाम—**

जिन्होंने आक का पौधा छाती में बो लिया।

—अमृता प्रीतम

यह उर्मि-वेद किसको सुनाऊं?
कहते हैं—वेदों को सुनने का अधिकार
शूद्रों को नहीं होता,
सिर्फ ब्राह्मण, क्षत्रिय और वैश्य वेदों को सुन सकते हैं,
मुझे—जहां तक दिखाई देता है
सब शूद्र ही शूद्र नज़र आते हैं
वह जो किसी के दर्द के साथ दर्दमन्द नहीं होते,
वही तो शूद्र होते हैं
उर्मि का दर्द कोई नहीं जानता
—न कोई मज़हब, न कोई समाज
इसलिए यह सब धर्मों-कर्मों के वाली,
और समाज के नियमों वाले शूद्र हैं,
इन्हें मैं यह वेद नहीं सुना सकता...
आप कुछ लोग,
जिन्हें मैं जानता नहीं,
अगर सचमुच अपने दिल के मुताबिक—
ब्राह्मण, क्षत्रिय या वैश्य हों,
तो आपको यह वेद सुनने का अधिकार है...

# आक के पत्ते

क्या आपको पता है वेद कैसे रचे गए? ईश्वर ने जो कुछ मनुष्य के कान में कहा था, मनुष्य ने वह सुनकर कंठस्थ कर लिया था। इसीलिए वेदों को 'श्रुति' कहते हैं...

वेद शब्द का अर्थ ही ज्ञान है, बहुत ऊंचा ज्ञान। मैंने भी जो कुछ जाना है—वह एक भयानक ज्ञान है...

वेद चार थे। और कितना अजीब इत्तफाक है कि मैं अपने ज्ञान को भी चार हिस्सों में बांट सकता हूं। आपको पता ही होगा कि ऋग्वेद में सिर्फ देवताओं की महिमा कही गई है। माता-पिता देवता ही तो होते हैं, अपने बच्चे को जब अपने लहू-मांस में से जन्म देते हैं, छाती में से दूध देते हैं, थाली की रोटी में से ग्रास देते हैं और उसे पोटा-पोटा करके पालते हैं, वह बच्चे को देवताओं से कम नहीं लगते। सो, माता-पिता के संरक्षण में मैं अपनी उम्र के बीस बरस जो कुछ सोचता रहा, यह मेरा ऋग्वेद है...

और दूसरा यजुर्वेद था—उसमें बलिदान का और यज्ञ-हवन का वर्णन है। मेरे वेद में भी एक बहुत बड़े बलिदान की कथा है। विष्णु-पुराण में कथा आती है कि एक ऋषि ने अपने एक शिष्य को यह वेद

पढ़ाया था। फिर एक दिन ऋषि ने लात मारी तो उसका भानजा मर गया, जिसके प्रायश्चित्त के लिए उसने शिष्यों को बुलाया और उनकी सलाह पूछी कि अब वह क्या करे। जिस शिष्य को उसने यह वेद पढ़ाया था, वह कहने लगा कि वह अकेला ही इस वेद के मंत्रों के सहारे उसे पाप से मुक्त करा सकता है। ऋषि को लगा कि उसे अभिमान हो गया है, इसलिए उसने आज्ञा दी कि वह उसी समय कै करके सारे मंत्र धरती पर उगल दे। शिष्य ने आज्ञानुसार सारे मंत्र गले से बाहर उगल दिए, जो बाकी शिष्यों ने तीतर बनकर धरती पर से चुग्गे की तरह चुग लिए।

—यह मेरा वेद? उर्मि मर गई है, किसीने उसे लात मारी थी, और अब मेरे इस वेद के सारे मन्त्र धरती पर बिखरे पड़े हैं। शायद पता नहीं कब, मैं तीतर बनकर इनको धरती पर से चुग्गे की तरह चुगूंगा, फिर उन मन्त्रों को पढ़ूंगा, और वह ऋषि जिसने उर्मि को लात मारकर मार दिया है, पाप-मुक्त हो जाएगा...

तीसरा सामवेद था, चौथा अथर्ववेद। इनके मन्त्र मंगल-कार्य के लिए और हवन के समय पढ़े जाते थे। उर्मि के मंगल-कार्य के लिए मैंने जितनी खुशियों की कल्पना की थी, उर्मि के जितने लाड़, जितने चाव, जितनी हंसी, वह सब मेरे सामवेद के मन्त्र थे। और अब उसका हवन मैं सारी उम्र करता रहूंगा, मेरे सीने की आहें और मेरी आंखों के आंसू मेरे मन्त्र हैं, जिनको मैं सारी उम्र पढ़ता रहूंगा...

यह मेरा उर्मि-वेद...

उर्मि अभी थी, अब नहीं है। उसे मरते हुए देख लेता तो शायद उस मरी हुई का मुंह एक अन्त का निश्चय दिला देता। पर ऐसा नहीं हुआ। उसे मरी हुई किसीने नहीं देखा। और तो और, कानून ने भी नहीं देखा। कानून के कागज़ों में वह ज़िन्दा है, पर मुझे आंखों के आगे कहीं

नहीं दिखती...कागज़ के अक्षरों में उसकी आंखें क्यों नहीं झांकतीं? ये अक्षर, आंखों की तरह झपकते क्यों नहीं? वहीं कागज़ों पर पत्थर हो गए हैं...

सोच रहा हूं—उर्मि लहर को कहते हैं, पानी की लहर को, पानी की तरंग को। पुराने ग्रन्थ जिनका नाम सागर होता था, उनके हर काण्ड का नाम उर्मि होता था। पानी की लहर पानी में मिल जाती है, उसका वजूद खत्म हो जाता है, पर उसकी लाश नहीं होती। मेरी उर्मि भी शायद पानी की लहर थी, अनन्त सागर में मिल गई, अब उसका वजूद भी कोई नहीं रहा, उसकी लाश भी कोई नहीं...

देखो! चार वेदों के चार रंग होते हैं। ऋग्वेद का रंग सफेद, यजुर्वेद का लाल, सामवेद का पीला, अथर्ववेद का सुरमे की तरह काला। मेरे उर्मि-वेद के भी चार रंग हैं—गोरी अछूती उर्मि की जवानी का रंग बिलकुल सफेद, उसकी मौत का रंग खून की तरह लाल, उसके वियोग का रंग निरा पीला, और इस वियोग का कारण बिलकुल काले रंग का।

यह उर्मि-वेद किसको सुनाऊं? मैं रोज़ इसे खुद पढ़ता हूं, खुद सुनता हूँ...

कहते हैं—वेदों को सुनने का अधिकार शूद्रों को नहीं होता। सिर्फ ब्राह्मण, क्षत्रिय और वैश्य वेदों को सुन सकते हैं। मुझे—जहां तक दिखाई देता है, सब शूद्र ही शूद्र नज़र आते हैं। वह जो किसीके दर्द के साथ दर्दमन्द नहीं होते, वही तो शूद्र होते हैं। उर्मि का दर्द कोई नहीं जानता। न कोई मजहब, न कोई समाज। इसलिए यह सब धर्मों-कर्मों के वाली, और समाज के नियमों वाले शूद्र हैं। इन्हें मैं यह वेद नहीं सुना सकता...

पर यह सब कुछ क्या मैं अपनी छाती में रखकर इस दुनिया से

चला जाऊंगा? ज्ञान हमेशा किसीको सौंपकर जाना चाहिए। यह ज्ञान, यह भयानक ज्ञान, मैं किसे सौंपू?

आप, कुछ वह लोग जिन्हें मैं जानता नहीं, अगर सचमुच अपने दिल के मुताबिक—ब्राह्मण, क्षत्रिय या वैश्य हों, तो आपको यह वेद सुनने का अधिकार है...

तो सुनिए!

## दो

यह, जहां मैं खड़ा हूं, एक चौराहा है।

एक राह एक अन्धे कुएं की तरफ जाती है, जिसमें उर्मि की लाश पड़ी हुई है...

एक राह एक नदी की तरफ जाती है...जिसमें उर्मि की लाश बह रही है...

एक राह धरती के एक गढ़े की तरफ जाती है, जिसमें उर्मि की लाश दबी हुई है...

एक राह एक चिता की तरफ जाती है, जिसकी आग में उर्मि की लाश जल रही है...

और मैं जैसे चारों राहों पर चल रहा हूं...

चारों तरफ बेहद बू है, पर दुनिया के काम-काज उसी तरह चल रहे हैं, किसीको यह बू नहीं आती।

मैं, हारकर, इस देश के कानून के पास गया था, सुना था कि वह बू का निशान भी सूंघ लेता है! पर मुझे देखकर उसने जल्दी से नोटों की एक पोटली नाक के आगे रख ली, और मुझसे हंसकर कहने

लगा—कहां? बू तो कहीं से भी नहीं आ रही।

उर्मि एक खुशबू थी, पर उसे किसीने बू बना दिया है...

दोनों गांव पास-पास हैं—एक उर्मि के पीहर का, एक उर्मि के ससुराल का। और दोनों गांवों को जैसे दांती लग गई है, वे मुंह से कुछ भी नहीं बोलते।

नहीं, यह दांती नहीं, यह मिर्गी है, क्योंकि दोनों गांवों के मुंह से झाग निकल रहा है...

कहते हैं, जिसे मिर्गी आती हो, उसे एक नसवार देनी चाहिए। यह नसवार आक के दूध में चावलों को भिगोकर और पीसकर बनाई जाती है। सच भी आक की तरह कड़ुआ होता है। उर्मि की बातें सफेद चावलों की कनी सरीखी थीं। उन्हें अगर सच के आक के दूध में भिगो लूं और उनकी नसवार बनाकर इन दोनों गांवों की नाक में सुंघा दूं, तो इनकी मिर्गी ज़रूर हट जाएगी...

यह सच है...कि एक गांव ने उर्मि को ज़बर्दस्ती डोली में डालकर दूसरे गांव में धकेल दिया था। और अब एक गांव ने उर्मि की एक बांह पकड़ी और दूसरे गांव ने दूसरी बांह पकड़ी, और उसे घसीट-घसीटकर मार डाला।

इन दोनों गांवों को उर्मि की कोई चिन्ता नहीं। ठीक है, मिर्गी के रोगी को चिन्ता नहीं करनी चाहिए...

उर्मि का कहीं नाम-निशान नहीं, जैसे उर्मि कभी थी ही नहीं। मैं उर्मि की बात करूं तो उसके लगे-लिपटे मुझे ऐसे देखते हैं जैसे मैं जिन्न-भूतों की बात कर रहा हूं। और जैसे उर्मि को सिर्फ मैंने ही कभी देखा हो, और किसीने कभी आंखों से देखा ही न हो।

सब गवाहियां खत्म हो गई हैं, सिर्फ एक गवाही यहां गांव के स्कूल के कागज़ों में पड़ी हुई है, जहां उर्मि को दाखिल करते वक्त लिखा गया था—उर्मि, उम्र छ: साल, पिता का नाम हरिश्चन्द्र।

जैसे, जो हुआ और जो बीता, अब भी आंखों के आगे चित्रित है। एक दिन पूछता हूं, "पिताजी! राजा हरिश्चन्द्र सूर्य वंश का अट्ठाईसवां राजा था न?"

"हां," पिताजी कह देते हैं, और खटिया की अदवायन कसने लगते हैं।

"आपने अपना नाम राजा हरिश्चन्द्र के नाम पर रखा था न?" फिर कहता हूं।

पिताजी उत्तर नहीं देते।

मेरी जीभ को एक बल-सा पड़ जाता है, पर फिर भी कहता हूं, "राजा हरिश्चन्द्र सत्यवादी था। आप चाहे फिर कभी सच न बोलना, पर एक बार सच बता दो—उर्मि कहां है?"

पिताजी खटिया की अदवायन को इतने ज़ोर से खींचते हैं कि अदवायन टूट जाती है...

मां मूढ़े पर एक गठरी की तरह बैठी हुई है। गांव का हकीम उसकी रीढ़ की हड्डी पर रोज़ लेप करता है, और कहता है कि उसे कभी ढीली खाट पर न सुलाना। इसीलिए पिताजी रोज़ उसकी खाट कसते हैं...

पिताजी खटिया की अदवायन को गांठ लगाने लगते हैं, तो मूढ़े पर पड़ी हुई गठरी धीरे से रोने लगती है, "हाय री बेटी, कौन टूटी को जोड़े..."

गठरी ही कहूंगा...मां होती तो ज़ोर-ज़ोर से विलाप न करती...

सोचता हूं—उर्मि अगर एक सुन्दर-सजीली लड़की न होती, किसी खाट की खुरदरी अदवायन होती, तो उसकी उम्र को गांठ लग जाती...

फिर कमरे का आला मेरी तरफ देखता है और मैं कमरे के आले की तरफ। उसकी भी छाती में किसीने ऐसे बुटका भरा है, जैसे मेरी

छाती में। वहां—आले में—एक तसवीर थी, मेरी और उर्मि की। एक बार पिताजी, हम दोनों की उंगली पकड़कर, एक मेले पर ले गए थे।

उर्मि तब कोई सात बरस की थी, और मैं पांच बरस का। और वहां मेले में हम दोनों बहन-भाई की तसवीर उतरवाई थी। पर आज वह तसवीर वहां पर नहीं रही।

मैं और यह आला, दोनों मिलकर पूछते हैं, "पिताजी, वह तसवीर कहां चली गई?"

"तुझे क्या करनी है तसवीर?" पिताजी गुस्से में अदवायन को इस तरह खींचते हैं, मुझे लगता है कि अदवायन फिर टूट जाएगी।

कहता हूं, "उसकी एक ही तो निशानी थी!"

पिताजी खीझकर बोलते हैं, "निशानी अब सिर से मारनी है?"

मैं ढीठों की तरह कहता हूं, "आपको नहीं ज़रूरत थी तो न रखते, मुझे दे देते, मैं शहर वाले कमरे में लगा लेता।"

"डूब जाए तेरा शहर..." पिताजी का सारा बदन खुरदरी अदवायन की तरह कस जाता है। और शायद उनके अपने बदन की छिलतरें उनके हाथों में चुभ आती हैं, वह हाथों को मलते-से मेरी तरफ देखते हैं।

जानता हूं—मैं शहर में कमरा लेकर जब कालिज में पढ़ने लगा था, तो उर्मि ने अपने पीहरियों और ससुरालियों के आगे हाथ जोड़े थे कि उसका आदमी अगर कुछ बरसों के लिए केनिया कमाने चला गया था, तो वह गांव में पड़ी क्या करेगी, उसे शहर जाकर आगे पढ़ लेने दें। और वह शहर जाकर आगे पढ़ने के लिए कालिज में दाखिल हो गई थी। हम बहन-भाई दोनों शहर में कमरा लेकर रहते थे...

निशानी से याद आता है कि उर्मि अगर ज़िन्दा होती—सिर्फ

तीन-चार महीने और ज़िन्दा रहती—तो उसका बच्चा भी एक निशानी होता...

पिताजी खटिया पर खेस बिछाकर, गठरी-सी बनी मां को मूढ़े पर से उठाकर खटिया पर लिटा देते हैं और फिर हाथ धोकर तीनों थालियों में रोटी परोस देते हैं।

रसोई के तख़्ते पर कांसे की चार थालियां हमेशा पास-पास रखी होती हैं। मां हमेशा इन्हें मांज-मींजकर चमकाती थी। ये कंगूरे वाली थालियां बिल्कुल नये नमूने की थीं, एक बार एक मेले में से खरीदी थीं। और मां हमेशा इन्हें तख़्ते पर चमकाकर रखती हुई कहती थी, 'यह थाली मेरी उर्मि की, यह उर्मि के भाई की, यह मेरी और यह तुम्हारे बापू की..'

उस दिन पिताजी ने जब तख़्ते पर से तीन थालियां उतारीं, तो मेरे मुंह से अचानक निकल गया, "वह थाली उर्मि की..."

पिताजी ने क्रोधी आंखों से देखा, पता नहीं मुझे कि थाली को...

मैंने रोटी का एक ग्रास तोड़ा, पास की कटोरी में डुबोया, और मुंह में डाल लिया। दाल जली हुई थी। पर हम तीनों—चुपचाप जली हुई दाल से ही रोटी खाने लगे।

## तीन

यह चौराहा पता नहीं कैसा चौराहा है, मैं जहां जाता हूं, यह मेरे साथ जाता है, मेरे पैरों से लिपटा जाता है, और हर जगह उसमें से वही चार राहें निकलती हैं :

एक, जो एक अन्धे कुएं की तरफ जाती है, और जिसमें उर्मि की लाश पड़ी हुई है।

दूसरी, जो एक नदी की तरफ जाती है, और जिसमें उर्मि की लाश बह रही है।

तीसरी, जो धरती के एक गढ़े की तरफ जाती है, जिसमें उर्मि की लाश दबी हुई है।

और चौथी, जो एक चिता की तरफ जाती है, जिसकी आग में उर्मि की लाश जल रही है।

गांव से शहर आ गया, और वह चौराहा भी मेरे साथ आ गया...

एक और राह भी थी, जहां उर्मि चला करती थी...नहीं, शायद कोई राह नहीं थी, उर्मि ने खुद ही कांटे चुन-चुनकर वह राह बनाई थी, और मुश्किल से दस कदम चली होगी कि उसके पैरों के लहू में उसकी राह डूब गई....

मेरे कमरे में अभी भी उर्मि की चारपाई उसी तरह सामने दीवार के पास बिछी हुई है। दोनों चारपाइयों के बीच उसी तरह छोटी-सी मेज़ पड़ी हुई है, और मेज़ पर वही बिजली का लैम्प रखा हुआ है, जिसके शेड पर उर्मि ने एक दिन लाल रंग का एक फूल बनाया था।

फूल बनाते हुए उसने कहा था, "भइया रे! अभी इसे हाथ न लगाना, गीला रंग है, इसे सूख लेने देना।"

यह पिछले बरस की बात थी। पर इसका रंग अब तक भी नहीं सूखा! मैंने उंगली से उस फूल को छुआ, तो मेरे पपोटे से उसका रंग लग गया...

शायद मेरी आंखों से कुछ पानी उसपर गिर गया था...

अब तक तो जहां उर्मि का खून गिरा होगा, वह भी सूख गया

होगा...

सोचता हूं—पूरे दो महीने होने को हैं इस बात को...

शायद कुल्हाड़ी से उसे काटा था...कुल्हाड़ी वाले हाथ में उसका खून ज़रूर लग गया होगा...

फिर वह खून उसके हाथों पर सूख गया होगा...उसने हाथ धो लिए होंगे, पर कुछ तो रोमों में गुज़रकर उसकी हथेलियों में रह गया होगा... वह हमेशा वहां हथेलियों में रहेगा...हथेलियों में सूख जाएगा...पर कभी शायद उसकी आंखों में आंसू भी आते होंगे—कभी आधी रात को—और हथेलियों में जमा हुआ खून फिर गीला हो जाता होगा...

शायद रंग गीला हो जाता है, खून गीला नहीं होता...

कमरे का बन्द दरवाज़ा खोलकर वह—एक प्रेत-सा—अन्दर आ गया है...

वही, जिसे उर्मि ने प्यार किया था...

सिर के बाल जटाओं-से बने हुए—वह एक लोई ओढ़े मेरे कमरे में गाढ़े अंधेरे की तरह खड़ा हो गया...

अंधेरा नहीं टूटता, सिर्फ चुप टूटती है। वह पूछता है, "कब आया गांव से?"

"आज।"

"कुछ पता लगा?"

मैं इन्कार में सिर हिला देता हूं।

वह अंधेरे का एक ढेर-सा, पहले उर्मि की खाली चारपाई को देखता रहता है, फिर चारपाई पर बैठ जाता है।

उर्मि की चारपाई पर से एक आवाज़ आती है, "लोग कहते हैं, इश्क और मुश्क छुपाए नहीं छुपते...यह आधा सच है, आधा झूठ... इश्क नहीं छुपा, पर मुश्क छुप गई..."

मुझे क्या कहना था, कुछ नहीं कहा।

उर्मि की चारपाई से ही आवाज़ आती है, "भइया रे! गौतमी शिला सचमुच होती है, यह पानी में नहीं डूबती। रामचन्द्रजी जब लंका गए थे, तो गौतमी शिला पर बैठकर गए थे। मेरा प्यार भी गौतमी शिला है, यह मुझे पार लगा देगा..."

मैं चौंक जाता हूं—यह उर्मि की आवाज़ कहां से आई?

फिर एक गहरा रहस्य पा जाता हूं—उर्मि ने जाने कैसे इस आदमी को प्यार किया कि मरकर भी उसका वजूद इसके वजूद में समाया हुआ है। इसके यहां, इस चारपाई पर बैठने के साथ ही, वह भी जैसे इस चारपाई पर आ बैठी है। वह इसी तरह पिछले बरस इस चारपाई पर बैठकर मेरे साथ बातें करती थी...

वह फिर कहता है, "जो कुछ सुना है, वह तो यही है कि उसे कुल्हाड़ी से काटकर नदी में बहा दिया..."

सोचता हूं—उर्मि ने शायद आखिरी वक्त गौतमी शिला वाली बात सोची होगी, और उसे पता नहीं कैसा गुस्सा आया होगा इस कलियुग पर, जहां गौतमी शिला भी पानी में डूब जाती है...

"तू बोलता नहीं?" वह पूछता है।

मैंने उर्मि को कहा था कि यह रामचन्द्र का द्वापर युग नहीं, कलियुग में गौतमी शिला भी डूब जाती है।"

"तुझे पता था कि उसका सगा बाप उसे अपने हाथों मार देगा?" वह पूछता है।

कहता हूं, "नहीं, यह नहीं पता था।"

"अब रात को उसे नींद कैसे आती है?" वह फिर पूछता है।

"यह तो मैं भी जितने दिन गांव रहा—सोचता रहा था। रात को उठकर बाप की चारपाई की तरफ भी देखता रहा था। सारा घर खोज मारा था—शायद कहीं कोई सुराग मिले, खोज सकता तो उसकी नींद को भी खोज कर देखता, पर..."

"मां भी कुछ नहीं कहती, जिसकी ममता कुतरी गई थी?" वह फिर पूछता है।

जो देखा था कह दिया, "वह मांस की गठरी-सी चारपाई पर पड़ी रहती है। न किसीकी तरफ देखती है, न किसीको कुछ कहती है।"

"उसे अन्दर ही अन्दर ज़रूर पता होगा..."

"पता नहीं।"

"मैं थानेदार से मिला था..."

"वह तो हम इकट्ठे ही मिले थे..."

"मैं फिर अकेला जाकर मिला था।"

"फिर?"

"वही बात कहता था—तू कानूनी तौर पर उसका कुछ नहीं लगता, तेरी तरफ से तो तफ्तीश की अरज़ी भी मंजूर नहीं हो सकती।—कुत्ते ने उधर से माल खाया हुआ है..."

सोचता हूं—क्या कुत्ते सिर्फ माल खाने वाले ही होते हैं? और खिलाने वाले?

मां के हाथों में सोने के मोटे-मोटे कड़े हमेशा पड़े रहते थे। इस बार गांव गया तो उसके हाथों में कुछ नहीं था। जान गया—वह अब ज़रूर थानेदार की बीवी के हाथों में होंगे...

सोने के कड़े उर्मि के हाथों में भी थे, पर पिछली बार जब वह छुट्टियों में गांव गई तो उतारकर ससुरालियों के घर रख आई थी। शहर आई तो कहने लगी, 'पराया धन लेकर गौतमी शिला पर नहीं बैठते...'

मैं हंस पड़ा था, कहा था, 'यह गौतम तुझे इतना ही अच्छा लगा था, तो तूने तब पराया धन क्यों हाथों में पहना था?'

जिस दिन से उर्मि ने मेरे सामने अपने दिल की बात कही थी, उस

दिन से मैंने ही हंसकर उस आदमी का नाम गौतम रख दिया था। वह हमारे गांव का था, मेरा ज़ाना-पहचाना, पर तब मैं बहुत छोटा था, मुझे उर्मि के मन की पहचान नहीं थी। उर्मि हंसी भी और रोई भी, 'तब छोटी थी, भइया। अन्दर जाकर मां से विनती की थी, पर जब बाप और चाचा का क्रोध देखा, सोचा—मन को मार लूंगी। चलो—सगे बाप-चाचा की बात रह जाए। पर मुझे क्या पता था कि यह मन नहीं मारा जाएगा...'

गौतम शहर में पढ़ता था, फिर पढ़कर शहर में ही रह गया था, गांव नहीं लौटा था। उर्मि जब सबकी मिन्नत-मोहताजी करके शहर में पढ़ने आ गई थी, मुझे नहीं पता था कि वह सिर्फ गौतम के लिए शहर आई थी।

फिर मैं कभी हंसकर कहता था, 'उर्मिये! अगर तेरा कुछ लगता तुझे अपने साथ ही केन्या ले जाता तो फिर?'

'राह में समुद्र आता है न?' उर्मि हंस पड़ती।

'हां।' मैं कहता।

'बस, फिर समुद्र में डूबकर मर जाती।' उर्मि कहती।

उर्मि की यह बात एक बार गौतम ने भी सुन ली, कहने लगा, 'तू समुद्र में भी खो नहीं पाती, मैं सारा समुद्र मथकर तुझे ढूंढ़ लेता...'

अब अचानक मेरे मुंह से निकला—"गौतम!"

गौतम के कन्धों पर ओढ़ी हुई लोई रोंगटों की तरह खड़ी हो गई। उसने मेरी तरफ ऐसे देखा जैसे मैं उर्मि को ढूंढ़ने का कोई रास्ता बताने लगा था। कहने लगा—"क्या पता उन्होंने मारा न हो, कहीं छुपा दिया हो, या तेरे और मेरे से चोरी से उसे किसीने केन्या भेज दिया हो..."

शायद लम्बे दुःखों के समय आशाएं भी परछाइयों की तरह

लम्बी हो जाती हैं। गौतम को एक घड़ी यह भी भूल गया कि उर्मि के पास उसका छ:-सात महीने का बच्चा था, और इस हालत में उसे वह किसी और के पास कैसे भेज सकते थे! मैंने उसे यह याद दिलाया तो वह जैसे लोई की अपनी बुक्कल में ही डूब गया हो।

"मैं सोच रहा था..." मेरे गले में आवाज़ कुछ अड़ गई, "हमने तो कहा था—हम उसे समुद्र मथकर ढूंढ़ लेंगे, पर..."

कहा गौतम ने था, पर यह उलाहना, उस अकेले को नहीं था, यह सबसे बड़ा मेरा उलाहना मेरे साथ था...

उर्मि को गौतम के घर मैंने अपने हाथों भेजा था...सोचा था, मेरा वास्ता मेरी बहन की खुशी से है, ज़रूरत पड़ी तो बाप के गुस्से से निबट लेंगे...

वह वक्त ही न आया, और सारी कहानी निबट गई...

मेरा बाप मेरी रगों को पहचानता था, पर मुझसे ही उसकी रगें न पहचानी गई।...

गौतम जब उस दिन—डूबते सूरज के साथ डूबता-सा—मेरे पास आया था, 'तेरी बहन को पता नहीं वह कहां ले गए हैं' तो 'वह' लफ्ज़ के साथ मैं अपने बाप को नहीं जोड़ सका था।

'वह कौन?' मैंने अपने होशो हवास थामकर पूछा था।

'तेरा बापू—उसका बापू...उसके साथ कोई और भी एक आदमी था...मैं घर पर नहीं था, अभी काफी दिन बाकी था, जिस वक्त वे दो जने दो घोड़ियों पर आए...' उसके हवास टूट रहे थे।

यह गौतम को उसकी एक पड़ोसिन ने बताया था, जो उस वक्त उर्मि के पास बैठी हुई थी। उसने खुद उर्मि के मुंह से सुना था कि उसका बापू आया है...फिर उसने उर्मि को बापू के साथ जाते देखा था...दूसरी घोड़ी वाला अन्दर नहीं आया था, गली के बाहर खड़ा रहा था। वह पता नहीं कौन था।

मैंने फिर भी बात की थाह नहीं पाई थी। कहा था, 'तो क्या हुआ, अगर बापू खुद ही आया था तो काहे का खतरा?'

'पता नहीं क्या होने वाला है...' गौतम को धीरज नहीं बंधा। कहने लगा, 'शहर में आकर वह तुझे न मिला, मेरी भी गैर-मौजूदगी में ले गया, वह भी घोड़ी पर...हम सब जब गांव जाते हैं—गाड़ी पर जाते हैं...वह खास तौर से घोड़ी पर क्यों आया...फिर साथ एक और आदमी...'

मुझे भी घबराहट हुई थी। हम दोनों रात की गाड़ी से गांव चले गए थे। पर सुबह जब मैं घर पहुंचा, तो बापू सो रहा था, और उर्मि कहीं नहीं थी...

पूछ-पूछकर हार गया, पर बापू ने एक ही बात पकड़ रखी थी, 'मुझे कुछ पता नहीं।...'

उस दिन मां वहां नहीं थी। साथ के गांव में अपने भाई की खबर लेने गई हुई थी...

आंगन में घोड़ी बंधी हुई थी। मैं बहुत देर तक घोड़ी के पास जाकर खड़ा रहा। देख सकता था—वह एक लम्बी राह तय करके हांफ रही थी...

फिर एक मिन्नत-सी की थी, 'बापू! कल से उर्मि नहीं है...'

'मुझे क्या पूछने आया है?' बापू ने तमककर कहा था, 'आगे जब भाग गई थी, तब मुझे पूछने आया था? अब है नहीं तो किसी और के साथ भाग गई होगी, मुझे क्या पता...'

छाती में से हूक उठी थी—अगर सामने बाप न होता, उसकी जगह कोई और होता...

फिर मैं और गौतम ने जैसे सारा गांव छान मारा हो। गांव के गढ़े, टिब्बे, कुएं, झाड़ियां, पास में बहती नदी का रेतीला मैदान, उसके पार का उजाड़...

हमारे गांव के बाहर रहने वाले छोटी कौम के लोगों में खुसरपुसर हो रही थी—रात को नदी के किनारे कोई घोड़ियों पर आए थे...नदी के पार से चीखें सुनाई दे रही थीं...अन्धे कुएं के पास घोड़ियां देर तक खड़ी रहीं...पार के टीलों में रात-भर आग जलती रही थी...

हवाओं में गांठ नहीं लगती। उनके किनारे हर जगह खुले रहते हैं। सुना कि केन्या से बहुत-सा रुपया उसके गांव उसके बाप को आया है। उनके घर देगें पकी हैं और थाने में बोतलें खुली हैं...

दोनों गांवों को मिरगी पड़ गई है। बोलते कुछ नहीं, पर दोनों के हाथ-पैर अकड़े हुए हैं, मुंह से झाग बह रही है...

आक की नसवार...कड़ुए आक जैसा सच...यह आक का पौधा किस धरती पर बोऊं...धरती ही तो नहीं है...धरती तो सारी उन्होंने अपने नाम करा ली जिनके हाथ में रस्मो-रिवाज की लाठी थी...

सामने उर्मि की चारपाई पर, वह एक अंधेरे का ढेर-सा पड़ा हुआ था। कभी आंखें खोलकर अचानक ऐसे देखता था—जैसे दो तने अंधेरे में जलते हों...

## चार

चौथे दिन खबर सुनी—गौतम को यूनिवर्सिटी से शोध-प्रबन्ध लिखने के लिए वज़ीफा मिल गया है।

जब से उर्मि नहीं रही थी, मेरे पैर गौतम के घर की गली देखकर ही जैसे जिस्म से अलग हो जाते थे। इसलिए कभी फिर उस गली में

से नहीं गुज़रा था। गौतम खुद ही अंधेरे की तरह फैलता मेरे कमरे में आ जाता था। पर खबर सुनी तो सोचा—उसका और मेरा दुःख कोई बांटा हुआ थोड़े ही है, इसलिए मैं पैरों को घसीटता-सा उसके घर चला गया।

आज भी कांप-कांप जाता हूं—जैसे गौतम को देखा था।

वह ज़मीन पर अडोल आल्थी-पाल्थी मारकर पूरी आंखें खोले बैठा हुआ था। कमरे का पर्दा खोलकर मैं उसके पास जाकर खड़ा हो गया, तब भी उसने मेरी तरफ नहीं देखा। मैंने आवाज़ दी, कन्धे हिलाए। पर उसने न मेरी तरफ देखा, न आंखें झपकाईं। वह जैसे सुन्न—पत्थर—बैठा हुआ था।

घुटनों के बल ज़मीन पर उसके पास बैठकर मैंने उसकी बांह खींची। उसका हाथ अपने हाथ में लेकर ज़ोर से भींचा।

बड़ी देर बाद उसके होंठ फड़के, "कुछ नहीं दिखता, कुछ भी नज़र नहीं आता, वह पता नहीं कहां है..."

"कौन?" मैंने चौंककर पूछा।

"उर्मि, और कौन..."

वह अभी भी सामने दीवार की तरफ देखे जा रहा था। जैसे उर्मि को उस दीवार में से निकलकर आ जाना हो।

"एक दीवार ही तो है, जिसके पार हम कुछ नहीं देख सकते... यह न जाने कैसी दीवार हमारी आंखों के आगे उठ आई है..." मेरे मुंह से निकला, और मैं वहां ही, उसके पास घुटनों के बल बैठ गया।

उसने एक गहरी सांस भरकर आंखें बन्द कीं, और फिर खोलीं। इस बार उसने मेरी तरफ देखा।

मेरे माथे में से एक कंपकंपी उठकर मेरे पैरों तक चली गई। उसकी आंखों में खून जैसी लाल धारियां पड़ी हुई थीं।

"तेरी आंखों को क्या हो गया?" मैंने घबराकर उसकी पलकों को छुआ।

"यह...यह कुछ नहीं, जो वह कहीं दिख पड़े..." वह मुस्करा-सा पड़ा।

मुझे लगा—जो वह रो पड़ता, तो उसके रोने को झेलना आसान था, पर इस मुस्कराहट को झेलना बहुत मुश्किल था।

"कहीं जीती होती तो दिख न पड़ती!" मैंने टूटकर कहा।

वह जल्दी से बोला, "पर इसका भी क्या सबूत है कि वह जीती नहीं है..."

"सबूत तो कोई नहीं," मैंने कहा, पर साथ ही फिर कहा, "जो कहीं होती तो, चाहे जिस हाल में होती, कोई खबर ज़रूर देती। आखिर किसी तरह कोई खत या सन्देशा कुछ तो आता..."

"वह शायद...कहीं बड़ी मजबूर हो......क्या पता उसे किसी कोठरी में बन्द कर रखा हो...क्या पता किसी और देश में भेज दिया हो..."

उसकी टूटी हुई आस को अगर कहीं गांठ पड़ रही थी, तो मैं क्या कह सकता था!

"वह नज़र आएगी, ज़रूर आएगी...चाहे जहां भी हो..." उसने फिर धीमे से कहा।

"पता नहीं कब—अगर किस्मत हुई तो..." मेरे मन को उसकी तरह आस नहीं बंध रही थी।

"मिले चाहे जब, पर आज या कल नज़र ज़रूर आएगी।"

उसने कुछ इतने विश्वास से कहा कि मैंने उसके कन्धे को झटका-सा देकर जल्दी से पूछा:

"कुछ पता लगा है?"

"पता कहां से लगना है..." उसने ना में सिर हिलाया, तो मुझे

उसकी सारी बातें ऐसी अटपटी-सी लगीं, लगा—उसकी सोच का तवाज़न कहीं से हिल गया था।

"आज दूसरी रात है, कल तीसरी रात हो जाएगी। तीन रातों के अन्दर-अन्दर वह मुझे ज़रूर नज़र आ जानी है।" उसने कहा तो मैंने माथा पकड़ लिया। मुंह से मुश्किल से निकला—"गौतम!"

वह बोला नहीं।

मैं ही काफी देर बाद कह सका, "तू शायद कल रात भी नहीं सोया। देख तेरी आंखें कैसी हो गई हैं। तू, भगवान का वास्ता है, सोने की कोशिश कर!"

"सो जाऊंगा, तो वह दिखाई कैसे देगी?" वह हंस-सा दिया, और कहने लगा, "वह जहां भी, जिस हाल में है, मुझे आज या कल ज़रूर दिखाई देगी। अगर उसके पैरों में रस्सियां भी बंधी होंगी, तो भी मुझे यह तो पता लग ही जाएगा कि वह कहां है..."

मैं सिर्फ यही सोच सका कि या तो मैं उसे किसी डाक्टर के पास ले जाऊं, या किसी डाक्टर को ही जाकर इसके पास बुला लाऊं। उठने लगा, तो उसने कहा, "अगर तू चाहे तो तू भी उसे देख सकता है।"

"किस तरह?" मैंने उठते उठते पूछा।

"मैंने एक सुरमा बनाया है, बड़ी मुश्किल से, देख—उस कटोरी में अभी भी कितना सारा पड़ा हुआ है। तू भी मेरी तरह इसे आंखों में लगा ले, और यहां बैठ जा..." उसने मेरे उठते हुए हाथ को पकड़ लिया।

जिधर उसने इशारा किया था, मैंने उधर देखा, एक कटोरी पड़ी हुई थी। मैंने हाथों में ली। उसमें कुछ-कुछ लाल-सा गीला रंग था।

"सुरमा? यह लाल सुरमा? पर सुरमा लगाने से वह किस तरह

दिखाई देगी?" मैं पूछ रहा था कि मैंने कटोरी को सूंघकर देखा। कटोरी में से एक बू आई...

"इसे आंखों में लगा लो, तो दुनिया भर में तुम जहां भी देखना चाहो, दिखाई दे जाता है...सो उर्मि जहां भी होगी—चाहे समुद्र के पार ही हो—वह ज़रूर दिखाई देगी..." वह कह रहा था कि मैंने घबराकर उसका हाथ झंझोड़कर पूछा, "गौतम, तुझे क्या हो गया है? सच बता, यह क्या बला तूने आंखों में लगा ली है?"

"यह सुरमा है..."

"पर सुरमा काला होता है, लाल नहीं होता।"

"यह साधारण बाज़ार वाला सुरमा नहीं।"

"तुझे किसने दिया है?"

"किसीने नहीं, मैंने खुद बनाया है। इसका नुस्खा मुझे एक साधु ने दिया है।"

"हाय राम..." मेरे मुंह से निकला, और मुझे लगा जैसे उर्मि आज दूसरी बार मर रही थी।

बड़ी संभली हुई आवाज़ में मैंने पूछा, "अच्छा बता, यह सुरमा कैसे बनाया है?"

वह जल्दी से पूछने लगा, "तू लगाएगा?"

"हां।" मैंने सिर हिलाकर कहा।

वह सलाई लेने के लिए उठने लगा तो मैंने पकड़कर बिठा लिया और पूछा, "पहले मुझे इसका नुस्खा बता।"

"तू ऐसे ही फिर बनाएगा! बड़ी मुश्किल से बनता है, इसे ही लगा ले।" वह अपनी धुन में कहे जा रहा था।

"अच्छा, यही लगा लूंगा, पर पहले बता तो दे कि यह कैसे बनाया जाता है..." मैंने उससे संभलकर, जितना संभलकर कहा जा सकता था, कहा।

"यह...यह आक की जड़ को, भेड़ के खून में पीसकर, काजल-सा बनाया जाता है..."

उसने ज्योंही कहा, मेरे आंसू निकल आए।

कहना चाहता था—आक की जड़! आक तो उर्मि की मौत का सच है, जो हमने चबा लिया है। सच से बड़ा आक कोई नहीं होता...

पर मेरा कुछ भी कहा उसे सुनाई नहीं दे रहा था। यही कहा कि मैं अभी आता हूं, और बाज़ार जाकर नींद की एक गोली और एक गिलास चाय ले आया।

किसी तरह उसे गोली खिलाई, चाय पिलाई और बाहर आकर सड़कों पर ऐसे चलने लगा जैसे मरघट में चल रहा होऊं...

# पांच

कालेज में दो दिन की छुट्टियां थीं। गांव जाने का कोई ख्याल नहीं था—यूं ही दिन ढले स्टेशन चला गया।

पिछले दिनों से कई बार जबरन मेरे पैर स्टेशन की तरफ चले जाते थे—आंखों के आगे अपनी ही किसी तमन्ना का कल्पित झांवला आ खड़ा होता था—कि उर्मि गाड़ी के एक डिब्बे में से उतर रही है...

कितनी ही देर तक स्टेशन के प्लेटफार्म पर खड़ा रहा—उर्मि की हम उम्र लड़कियां अगर पीठ की ओर से कोई उसका झांवला-सा डालतीं—तो उनका मुंह देखने के लिए मेरी छाती में जो उतावलापन होता—वह एक पल उर्मि के ज़िन्दा होने का ऐसा भ्रम उत्पन्न कर

देता—मैं एक पल उसकी मौत को भूल जाता...

यही कांपता-सा भ्रम बनाए रखने के लिए मैं कई बार स्टेशन पर जाता था। उस दिन भी ऐसे ही गया था, पर ज़रा भी पता नहीं कि क्यों मैं गांव जाने वाली गाड़ी पर चढ़ गया। रात ठंडी थी, पास में एक कम्बल तक नहीं था, पर एक कोने में—अपनी हड्डियों को अपनी ही हड्डियों में लपेटकर बैठा रहा।

पता नहीं किस वक्त नींद आ गई। शायद खयालों में ही कहीं गहरा उतर गया था; लगा—अपनी चारपाई पर बहुत गर्म रज़ाई में पड़ा हुआ था। सब कुछ वैसे ही था—जैसे होता था। उर्मि मेरी रज़ाई को एक तरफ से मोड़ती बिजली का लैम्प बुझा रही थी...

सो गया था। पता नहीं कितनी देर। अचानक कितनी ही आवाज़ों का एक शोर मचा, और उस शोर से मैं जाग पड़ा।

सुबह होने वाली थी। गाड़ी किसी स्टेशन पर खड़ी थी, और लोग गाड़ी में से उतर और चढ़ रहे थे।

मेरे ऊपर सचमुच एक रज़ाई थी, यह कहां से आ गई?

सपने का खयाल आया—उर्मि ने मेरी चारपाई के पास आकर मुझे रज़ाई दी थी...

पर सपने वाली रज़ाई—यहां गाड़ी में सचमुच मेरे पास किस तरह आ गई?

गाड़ी के डिब्बे में उर्मि कहीं भी नहीं थी...

सच और झूठ जैसे पानी में पानी की तरह मिले हुए थे, अलग नहीं होते थे...

मेरे बिल्कुल पास, मेरे सामने बैठा एक बूढ़ा आदमी, बड़े भले से मुंह से मेरी तरफ देखकर कहने लगा, "तुझे किस जगह जाना है, बेटा? तेरा स्टेशन तो नहीं गुज़र गया?"

मन में कुछ छिल-सा गया। कहने को हुआ 'उर्मि कौन-से स्टेशन

पर उतर गई?—उतरना तो मुझे वहीं था'—पर मुंह बन्द कर लिया। खड़ी गाड़ी में से बाहर की तरफ देखा—स्टेशन का नाम पढ़ा, और कहा, "अगले स्टेशन पर उतरूंगा।"

अचानक खयाल आया कि यह रज़ाई ज़रूर इसी आदमी ने मुझे ओढ़ाई होगी। मैंने हैरान उसकी ओर देखा, "रज़ाई..."

"क्या हुआ बेटा! तेरे पास भारी कपड़ा नहीं था, मेरे ऊपर तो इतना मोटा खेस भी है..."

क्या यही बूढ़ा आदमी मेरे सपने में उर्मि बन गया था?

जो जहां भी किसीका कुछ संवारता है, क्या वह हर जगह उर्मि है?

अगला स्टेशन आ गया। मैंने रज़ाई वापस की तो हाथ से धीमे से उस आदमी की बांह छुई...

यही—एक पल का भुलावा कि मैंने हाथ से उर्मि की बांह छुई थी...

सारे होश, सारे हवास, ठीक हैं। हकीकत और भुलावों के बीच अभी मैं एक लकीर खींच सकता हूं...

घर—मां उसी तरह मांस और कपड़ों की गठरी-सी बनी खटिया पर पड़ी हुई थी।

पिताजी ने चूल्हे पर चाय चढ़ाई, पर मुझे लगा—उन्होंने मेरी ओर ऐसे देखा जैसे मैं पराया डंगर उनके खेत में आ घुसा होऊं...

देखा—उनके हाथ की एक उंगली पर पट्टी बंधी हुई थी। पूछा, "उंगली में क्या हो गया?"

"कुछ नहीं," पहले उनकी आवाज़ कुछ कस-सी गई। फिर कहने लगे, "तेरी मां खटिया पर पड़ गई है, चूल्हे में भी मुझे ही हाथ जलाने पड़ते हैं..."

उन्होंने जब मेरे लिए गिलास में चाय डाली तो गिलास उनके हाथ से पकड़ते हुए, अचानक मेरे मुंह से निकला, "अनामिका।"

"क्या?" उन्होंने घूरकर पूछा।

"यही आपकी उंगली, यह चीची के साथ की उंगली है न, पुराणों में इस उंगली का नाम नहीं लेते, इसीलिए इसे अनामिका कहते हैं..."

"तू पुराण कहां से घोट आया है?"

"कालेज की लाइब्रेरी में पढ़े थे..."

जब आया था—तो मन में ऐसा कुछ नहीं था कि मुंह से कुछ कहा-सुनी करूंगा। पर सामने एक उंगली पर पट्टी बंधी देखकर, एक खयाल आया, तो मुझसे मुंह रोका न गया।

पूछा, "आपको पता है, इस उंगली को अनामिका क्यों कहते हैं?"

उन्होंने जवाब नहीं दिया।

मैंने ही फिर कहा, "इस उंगली से शिव ने ब्रह्मा का सिर काटा था। इसीलिए इसे आज तक अपवित्र मानते हैं..."

उनके हाथ में पकड़े चाय के पतीले में से काफी-सी चाय छलककर चूल्हे में गिर गई।

रोने जैसी हंसी आई। अपना चाय का गिलास मैंने उनके आगे रखकर कहा, "आप यह चाय पी लो, मैं अपने लिए और बना लूंगा।"

दोपहर में, मां घर पर अकेली थी, जिस वक्त मेरा ध्यान आंगन के एक कोने में लगी हुई तुलसी की तरफ गया। पत्ते काफी मुरझाए हुए थे। मां तो इसे रोज़ पानी दिया करती थी, कभी चूकती नहीं थी, फिर तुलसी को क्या हो गया?

मुंह से निकल गया, "मां, तुलसी को अब पानी नहीं देती हो?"

मां हर वक्त ऊंघती-सी पड़ी रहती थी—न पता लगता था, सो रही है, न पता लगता था, जाग रही है। मेरी आवाज़ सुनकर चौंक-सी गई, और कहने लगी, "मेरी तो मति को ही आग लग गई है...सूख गई तुलसी!"

"मैं पानी दे दूं!—अभी जड़ से हरी है।" मैंने कहा, और लोटे से तुलसी को पानी देने लगा।

पानी देते हुए तुलसी की कथा याद आई, सुनाई तो कभी मां ने ही थी, कहा, "मां! तुलसी तो शंखचूड़ को ब्याही थी न?"

"हां।" मां ने हुंकारा भरा।

"फिर जब इसकी पूजा करते हैं, इसका ब्याह विष्णु के साथ क्यों रचाते हैं? इसे विष्णु-वल्लभा कहते हैं, विष्णु की प्यारी..."

"वह तो..." मां कुछ कहते-कहते रुक गई।

मैंने ही कहा, "मुझे थोड़ी-सी कहानी याद है, तुलसी जब शंखचूड़ को ब्याही गई, तो एक बार शंखचूड़ घर पर नहीं था, और विष्णु तुलसी के पास चला गया। वह विष्णु को बड़ी अच्छी लगी थी...है न? फिर दोनों को शाप लग गया। तुलसी गंडका नदी बन गई, और विष्णु शालिग्राम पत्थर होकर उस नदी में रहने लगे। तुलसी का पौधा तुलसी के बालों में से उगा था न?"

मां ऐसे ही सिर हिला रही थी, जैसे तुलसी की कहानी को सुनती और ही सोचों में पड़ गई हो।

मैं कहता गया, "पर मां! साथ ही तो दोनों को शाप लगा कि उन्होंने बुरा काम किया था, और साथ ही अब उनकी पूजा करते हैं, और तुलसी तथा शालिग्राम का ब्याह रचते हैं..."

"देवताओं की बातें और, मनुष्यों की और..." मां ऐसे कह रही थी, जैसे झूर रही हो...

मैं मां के पास उसकी चारपाई पर जा बैठा। बोला, "पर मनुष्य

अगर कभी देवताओं को नाराज़ कर ले, तो इसमें क्या हर्ज होता है?"

मां अपने पल्ले से आंखों को पोंछने लगी। धीरे से उसके मुंह से निकला, "लिखा हुआ कौन मिटाए..."

"पर मां!" आज मेरी हिम्मत पड़ गई, कहा, "लोग मरे हुओं की पूजा करते हैं, क्या पता किसी दिन हमारी उर्मि की पूजा भी करेंगे..."

मां फूट पड़ी, "अरे मेरे कलेजे में कचोट होती है, चुप हो जा!"

और वह घुटनों पर सिर रखकर जैसे बिल्कुल खो गई हो...

## छः

मैं फिर शहर पहुंच गया। पर पहुंचना कहां था—जहां से चला था वहीं पहुंच गया।

उर्मि की बात भी जहां से चली थी, फिर से वहीं पहुंच गई है... मेरे पैरों के नीचे वही चौराहा है—जिसमें से वही चार राह फटते हैं...

गौतम का हाल देखने के लिए गया। उसका यह हाल देखना भी मेरी किस्मत में था।

वह कमरे के बीचोबीच आग जलाकर एक कागज़ को आग के अंगारों पर सुखा रहा था। कागज़ पर कई लकीरें खींची हुई थीं। लकीरों के खानों में 'ह' अक्षर चौबीस बार लिखा हुआ था। किसी अक्षर को माला, किसीको बिन्दी और बिल्कुल बीच में उर्मि लिखा हुआ था।

गांव गया तो सोचा था कि गौतम के भाई को जाकर उसका हाल बता आऊं। न उसकी मां ज़िन्दा थी, न बाप। एक भाई था, वह भी सगा नहीं था। पर फिर भी कहने गया था कि गौतम बीमार है, कोई उसके पास जाकर रहे तो ठीक है। पर उसके भाई ने बात को टाल-सा दिया था। उसने कहा था कि वह किसी दिन जाकर उसे गांव ले आएगा।

गौतम उसी तरह कमरे में अकेला था। मैंने कुछ नहीं कहा। चुप होकर उसके पास, आग के पास, बैठ गया।

उसने ख़ुद ही मेरी तरफ देखा और हुलसित-सा कहने लगा, "यह बड़ा बढ़िया मंत्र बताते हैं। कहते हैं—इससे कोई सौ योजन दूर हो, तो भी झट से आ जाता है।"

"अच्छा!" मैंने दबी आवाज़ में कहा।

"यह लिखना मुश्किल नहीं था..." उसने फिर कहा, पर मेरी तरफ देखा नहीं। शायद वह कागज़ को आग पर सुखाते हुए इस ध्यान में था कि कागज़ कहीं आग के ज़्यादा निकट न आ जाए।

मैंने ही बात को चलाए रखने के लिए पूछा, "यह कैसे लिखा जाता है?"

उसने ध्यान कागज़ की तरफ रखा और जवाब दिया, "काले धतूरे के पत्तों को पीसकर उसके पानी में गोरोचन मिलाते हैं।"

"गोरोचन क्या होता है?" मैंने पूछा।

वह मुस्करा पड़ा। कहने लगा, "मुझे भी तेरी तरह पता नहीं था। फिर पता लगा कि यह गाय या बैल के पित्ते में से निकली हुई पीली-सी चीज़ होती है।"

"अच्छा!"

"बस, फिर कागज़ पर स्याही की जगह इससे यह अक्षर लिख दिए जाते हैं। जो कोई खो गया हो, बीच में उसका नाम लिखा जाता

है—यह देख, बीच में उर्मि लिखा हुआ है।"

मेरा सिर झुक-सा गया। आंखें उठाकर उसकी तरफ देखा न गया।

कमरे में कुछ टहनियां बिखरी पड़ी थीं। यूं ही एक टहनी को हाथों में पकड़कर, मैंने उंगलियों को आरे-सा लगा लिया।

वह जल्दी से कहने लगा, "हां, सच, यह अक्षर जिस कलम से लिखे जाते हैं, वह कलम सफेद कनेर की टहनी से बनाई जाती है..."

यह गौतम—जिसने यूनिवर्सिटी से वज़ीफा लिया—शोध करने के लिए...

आंखें भर-भर आईं...

अब वह काम पर नहीं जाता था जहां पढ़ाता था। मैं दूसरे दिन वहां जाकर उसकी बीमारी की दरखास्त देकर उसके लिए छुट्टियां ले आया।

शहर में अस्पताल बहुत बड़ा था, मैं गया—पर घंटों यही लगा—जैसे मैं बीमार और ज़ख्मी लोगों के एक जंगल में घिर गया होऊं। कई घंटे एक लाइन में खड़ा रहा—पर आगे कहीं पहुंचने की जगह, जहां खड़ा था, अस्पताल के वक्त के खत्म होने तक देखा, कि मैं वहीं खड़ा हुआ था।

उसके अगले दिन—बहुत जल्दी, लाइनें लगने से पहले ही अस्पताल के दरवाज़े पर जा खड़ा हुआ। अब मेरे आगे कोई नहीं था, पर पीछे धीरे-धीरे एक कतार बनने लगी। यह डॉक्टर के दरवाज़े के आगे खड़ी होने वाली कतार नहीं थी, यह सिर्फ उस मुंशी की मेज़ के आगे खड़ी होने वाली कतार थी, जहां से अस्पताल का कार्ड बनवाना था।

अस्पताल के खुलने का वक्त नौ बजे था, पर साढ़े नौ बजने वाले थे, मुंशी कहीं दिखता नहीं था। मेरे लिए खड़ा होना बहुत

मुश्किल नहीं था क्योंकि मैं बीमार नहीं था, मुझे तो गौतम के लिए एक कार्ड बनवाना था। पर मेरे पीछे लगी कतार में सब बीमार खुद आकर खड़े हुए थे। उनके लिए पैरों के बल खड़ा होना बड़ा मुश्किल था। कई वहीं अपने नम्बर के मुताबिक ज़मीन पर बैठ गए थे, और कइयों के मुंह से निकलती हाय-हाय की भी जैसे कतार लग गई थी...

पीछे मुंह करके हाय-हाय की कतार को देख रहा था कि अचानक मेरे मुंह पर—मिट्टी-धूल का एक बगूला-सा पड़ा। मुंह पलटकर देखा—मुंशी आ गया था, और अपना मेज़ झाड़ रहा था...

खैर, कार्ड बन गया, और मैं कार्ड हाथ में पकड़कर, डाक्टर के कमरे का नम्बर पूछकर, उस कमरे के बाहर जा खड़ा हुआ। कमरे के आगे स्टूल पर बैठे चपरासी की मिन्नत की कि मुझे डाक्टर साहब के सिर्फ दो मिनट लेने हैं, मरीज़ को साथ नहीं लाया, सिर्फ उसकी हालत अकेले डाक्टर को बतानी है। सिर्फ दो मिनट...और मैं कमरे की चिक उठाकर जब अन्दर जाने लगा, तो चपरासी ने रोक दिया, "वक्त हो गया है, पर अभी डाक्टर साहब नहीं आए।"

मैं इन्तज़ार करता रहा—चाहे मुझसे आगे किसी और की बारी नहीं थी, पर ऐसे जैसे मैं सबसे पिछली बारी वाली जगह पर खड़ा होऊं। पूरा एक घंटा बीत गया। फिर अन्दर टेलीफोन की घंटी बजी, चपरासी अन्दर जाकर टेलीफोन सुन आया, तो बाहर आकर मुझसे कहने लगा, "आज डाक्टर साहब ने छुट्टी ले ली है, अब नहीं आएंगे। कल आना।"

सवाल कहीं कोई किया ही नहीं जा सकता...पता नहीं सारे सवालों के जवाब कहां चले गए हैं...

कालेज से ली हुई छुट्टी मेरी आज भी बेकार गई। प्राइवेट डाक्टर के लायक पैसे कहीं से भी आ नहीं सकते थे...

एक या दो दिन की फीस के लायक हो जाते, पर उसे तो रोज़ के सोलह रुपये लेने थे—मन के मरीज़ के साथ पैंतालिस मिनट बातें करने के सोलह रुपये...

कालेज का वक्त गुज़र गया था। दोपहर में खाली था—मैं गौतम की तरफ चला गया।

कितनी अजीब बेतुकी बात है कि जाकर देखा—गौतम की भी उसी उंगली पर पट्टी बंधी हुई थी, जिसको अनामिका कहते हैं।

"यह तेरी उंगली को क्या हुआ?"

"कुछ नहीं, मैंने इसमें से थोड़ा-सा खून निकाला था।"

"तुझे पता है इस उंगली को अनामिका कहते हैं?"

"हां, पता है, इसीलिए इसमें से खून निकाला था। यह देखो..." उसने कमीज़ का बटन खोलकर अपनी छाती से अटकाया हुआ एक कागज़ निकाला—जिसपर एक चौरस खाना खिंचा हुआ था और बीच में खून से लिखा हुआ था—'ॐ...का...दं...हीं...नमः उर्मि... माकरषय...ॐ...क्लीं...'

और गौतम ने हुलसकर कहा, "यह मंत्र अनामिका उंगली के खून से लिखकर छाती के पास रख छोड़ें, तो इसपर जिसका नाम लिखें, वह रात को ज़रूर आता है..."

मेरे होंठ कांपकर रह गए, बोला नहीं गया। आंखों में आए आंसू शायद मुंह पर दिख पड़े थे। गौतम ने हैरान होकर पूछा, "तू रोता क्यों है?"

मुझे रुलाई आ गई। मैंने उसे बांहों में लेकर कहा, "एक आंखों से ओझल होकर मर गई, दूसरा आंखों के सामने मर रहा है। मैं कहां जाऊं..."

# सात

कालेज से आया तो बन्द दरवाज़े में एक पर्चा अटका हुआ था, मेरे मिलिटरी वाले चाचा का। लिखा था, "सुबह मैं और भाई दोनों आए थे, पर दरवाज़ा बन्द था, तू कालेज जा चुका था। वापिस आकर कमरे में ही रहना, हम दोपहर में फिर आएंगे।"

कमरे में रहना था, इसलिए बैठा रहा। पर गिनती के घंटों में लाखों दलीलें कैसे आती हैं, यह मुझे इस वक्त पता लगा।

—चाचाजी भी और पिताजी भी दोनों अचानक शहर क्यों आए?...चाचा छुट्टी आया होगा, या पिताजी ने कोई मुसीबत पड़ने पर खास तौर पर बुलाया होगा?...क्या पता, पुलिस ने कोई सोई हुई बात जगा ली हो?...क्या पता, शहर किसी बड़े अफसर से मिलने आए हों? ...क्या पता, सारी ही खबरें गलत हों, और उर्मि ज़िन्दा हो, और अब बच्चे के होने का वक्त आ गया हो...

निराशा की आदत डाल ली हो, तो आशा का ज़रा-सा भी झांवला झेलना मुश्किल हो जाता है...उर्मि के ज़िन्दा रहने की कल्पना ने मेरे रोम-रोम से बिजली छुआ दी...मैं जैसे वहीं बैठा था और मेरे पैर सारे शहर में दौड़ रहे थे...उर्मि को ढूंढ़ रहे थे...

शायद उसे अस्पताल ले गए हों...यह वक्त गांव में तो नहीं काटा जा सकता था...पर इतने दिन उर्मि को रखा कहां?

परछाइयों में लकीरें भरने लगीं। और अचानक—अचानक एक रंग—सा भर गया-हां, चाचाजी को मिलिटरी अस्पताल में सारी सुविधाएं मिल सकती हैं—इसलिए चाचाजी को बुलाया होगा... यह वक्त और कैसे गुज़ारा जा सकता था...

और कमरे में बैठे हुए भी मेरे पैर जैसे गौतम को ढूंढ़ने के लिए

दौड़ पड़े...

कमरे का दरवाज़ा हिला, मेरी आंखें जैसे दरवाज़े पर ही जमी हुई थीं। देखा—सामने चाचाजी थे।

"क्या हाल है बरखुर्दार!" चाचाजी यह कहते हुए कमरे में आ गए, और उन्होंने मेरे सिर पर प्यार किया।

मैं अभी भी उनके पीछे खाली दरवाज़े को देख रहा था—पर वह अकेले थे।

पूछा, "पिताजी?"

"वह अभी अस्पताल में हैं...मैं अभी घंटे-भर में अस्पताल जाऊंगा..." चाचाजी कह रहे थे कि लगा मेरा दिल मेरी छाती में संभल नहीं रहा था...जो सोचा था क्या वह ठीक था?...उर्मि सचमुच ज़िन्दा थी? ...

मुंह से निकला, "मिलिटरी अस्पताल?"

"हां, भई," चाचाजी चारपाई पर बैठते हुए कहने लगे, "वहीं कुछ सुनवाई हो सकती थी, दूसरे अस्पतालों में हमें कौन पूछता है..."

आंखों में शायद पानी आ गया था, मुझे चाचाजी का मुंह न दिख सका। कमरा भी नहीं दिख रहा था। सब कुछ जैसे पानी में डूब गया हो।

और आंखों के पानी में से उर्मि का मुंह तैर आया...देखे जा रहा था, आंखें नहीं झपका रहा था कि उसका मुंह फिर कहीं लोप न हो जाए...

आंखों का पानी शायद मुंह पर ढलक पड़ा था। चाचाजी ने मुझे बांह से पकड़कर चारपाई पर पास बिठाते हुए कहा, "फिकर न कर भाई, ठीक हो जाएगा।"

"क्या?" मेरे होश को जैसे ठोकर लग गई हो।

"वैसे तो भाई के होशो-हवास ठीक हैं—बस कानों पर ही पर्दे-से

आ गए हैं, सुन कुछ नहीं पड़ता...”

उर्मि का मुंह, मेरी आंखों के आगे, रेत के महल की तरह झर गया...मैं उसे भौचक्का-सा सामने देख रहा था।

“तू जब पिछली बार गांव गया था, भाई को कोई तकलीफ लगती थी?” चाचाजी ने पूछा।

“नहीं।”

“बात कुछ ऊंची सुनता था?”

“नहीं।”

“तेरी मां भी यही कहती थी—बस एक दिन सोकर उठा तो कान से कुछ सुनाई ही न दिया। न कोई चोट लगी, न कान में कोई फोड़ा-फुंसी...” चाचाजी ने गले का कोट उतारकर पाये के पास रख दिया, और चारपाई पर ज़रा आराम से बैठते हुए कहने लगे, “यह तो मैं यूं ही आ गया। वैसे वह ठीक था, उठकर उसने मुझे गले से लगाया, पर उसे कान से कुछ भी नहीं सुनाई पड़ता। मैं उसके कानों से मुंह लगाकर ज़ोर-ज़ोर से भी बोला, पर उसने हाथ हिला दिया कि कुछ सुनाई नहीं देता। पता नहीं मुकद्दर का ही कोई खेल है...”

“मैं जब गया था, तब ठीक थे।” मैंने बताया।

“तेरी मां भी यही कहती थी। बस जिस दिन तू आया, उसके दूसरे दिन ही यह हो गया।”

“फिर?”

“कानों के पर्दे दिखाने थे, कहीं फट तो नहीं गए। सो मुश्किल से मनाकर शहर लाया हूं। घर कुछ दारू-दरमत किया था, पहले कड़ुआ तेल गरम करके कानों में डाला था, फिर रात ब्रांडी की दो-चार बूंदें गर्म करके डालीं, पर अन्दर कोई फुंसी-वुंसी नहीं दिखती, न उसे पीड़ा होती है। सो डाक्टर देख रहा है। चार बजे जाएंगे, तब शायद कुछ

पता लगे...”

सो उर्मि न थी, न होगी...

“आप रोटी खाएंगे? नीचे बाज़ार से ले आऊं?” मैंने चाचाजी से पूछा।

“ना भई, रोटी तो मैं आता हुआ राह में खा आया हूं। जाते हुए चाय का घूंट ज़रूर पीऊंगा। पर अभी नहीं।” चाचाजी ने कहा, और फिर ज़रा-सा रुककर कहने लगे, “घड़ी-भर तेरे साथ भी बातें करनी थीं।”

“कहिए।”

“सच-सच बताएगा न?”

“आपकी यह भी पूछने की ज़रूरत पड़ गई?” एक बड़ी हो कड़ुई-सी हंसी आई।

“हमारी लड़की कहां है? कुछ भी हो, आखिर अपनी बेटी है...”

“किसीकी बहन है, किसीकी बेटी है, पर शायद किसीकी भी कुछ नहीं थी...” मुंह में आई हुई कड़ुआहट मुंह से निकल गई। पर लगा, मझे कुछ नहीं कहना चाहिए था।

“सुना है—वहां अगलों के घर राज़ी नहीं थी...” चाचाजी ने फिर मुझे कुरेदा।

“आप आए तो थे ब्याह के वक्त। आपको पता ही है कि उसका बांधकर ब्याह किया गया था। मैं तो तब छोटा था। आपको शायद पता होगा...” मैंने जवाब दिया।

“हां...हां...” चाचाजी ने कुछ सोचकर कहा, “कानों में भनक तो पड़ी थी कि उसकी मर्ज़ी किसी और जगह है; पर हमने तो अपनी तरफ से उसका ही भला चाहा था, बड़ा खाता-पीता घर ढूंढ़ा था...”

मैंने कुछ नहीं कहा। चाचाजी ही कहने लगे, "अन्दर बिठाकर भाभी ने मुझे बताया था, भई जहां उसकी मरज़ी है उसका घर-ठिकाना कोई नहीं! मां-बाप उसके सिर पर नहीं, घर सौतेला भाई है, उसे कौड़ी भी देने वाला नहीं। आंखों से देखते हुए लड़की को वहां धक्का कैसे दे देते..."

कहने को बहुत कुछ था, पर क्या कहता!

चाचाजी चारपाई पर आराम से पड़े होते हुए भी, फिर उठकर बैठ गए। कहने लगे, "यहां तेरे पास आकर शहर में फिर पढ़ने लगी थी?"

सिर हिलाकर 'हां' कहा।

"सुना है, वह जना भी यहीं शहर में था?"

मैंने फिर सिर हिलाकर 'हां' कह दिया।

"पर अगर वह मर्द का बच्चा था तो सीधी तरह उसकी बांह पकड़ता। मेरे और तेरे बाप के सामने आकर बात करता। चलो हम, जहां लड़की का मन नहीं मानता था, वह रिश्ता तुड़वा देते। पर वह चोरों की तरह क्यों ले गया?" और चाचाजी एक ही सांस में फिर कहने लगे, "ले भी गया था, तो बाप का बच्चा होता, उसकी लाज रखता—उसने आगे कहीं..."

"चाचाजी," मैं चीख-सा पड़ा। फिर संभलकर कहा, "यह सब कुछ आप कहां से सुनकर आए हैं?"

चाचाजी कितनी ही देर तक मेरे मुंह की तरफ देखते रहे, फिर कहने लगे, "भाई भी यही कहता है और सारा गांव भी..."

मन बड़ा बोझिल-सा हो गया था। मैं इतना ही कह सका... "उर्मि ऐसी नहीं थी, न ही वह आदमी..."

चाचाजी सोच में डूबे रहे, फिर कहने लगे, "किसीका मुंह नहीं पकड़ा जाता, तेरी चाची ने तो कुछ और भी सुना है...लोग मुंह पर कुछ

नहीं कहते, पर पीठ पीछे कई बातें करते हैं...” और फिर अचानक मेरे कन्धे पर हाथ रखकर कहने लगे, “तू भी तो अब नादान नहीं...तू बता! तू क्या सोचता है?”

मैंने अभी कुछ नहीं कहा था, कि चाचाजी पूछने लगे, “तु तो शहर में था, तूने कभी उसे देखा होगा, तुझे वहां भी वह उदास-उदास लगती थी?”

“नहीं चाचाजी! वहां वह बहुत खुश थी...”

“फिर यह तो ठीक नहीं लगता कि उसने अपने को खुद ही खत्म कर लिया हो...”

“बिल्कुल नहीं।”

“फिर तेरा क्या ख्याल है कि किसीने ज़बरदस्ती उसको...”

“उसके साथ जो कुछ भी हुआ है ज़रूर किसीने जबरन किया है...”

“शायद उन लगतों ने तैश में आकर...”

“यह मुझे कुछ पता नहीं।”

“लोग तो...” चाचाजी ने जैसे अपनी जीभ काट ली, “नहीं, नहीं, मैं यह नहीं मान सकता...”

पता था चाचाजी ने क्या सुना था और क्या कहने लगे थे। पर फिर भी पूछा, “क्या?”

“मेरा भाई ऐसी बात नहीं कर सकता,” और आवाज़ पर ज़ोर-सा देकर वह कहने लगे, “उसका मन कहीं लगा हुआ था, यह बात तो समझ आती है, पर हमारी लड़की ऐसी नहीं थी कि एक को छोड़कर दूसरे के पास, और दूसरे को छोड़कर तीसरे के पास...”

“नहीं, चाचाजी! उसके घर तो बच्चा...”

“हैं? क्या कहा?”

"बस दो-तीन महीने रहते थे...वह आदमी तो उसे ढूंढ़ता पागल हुआ फिरता है..."

चाचाजी कितनी देर तक माथे को पकड़कर बैठे रहे...

"चाचाजी, चार बजने वाले हैं।" मैंने हाथ की घड़ी की तरफ देखा।

"अच्छा, चल फिर चलें। तू मेरे साथ चलेगा न?"

"चलूंगा।..."

"दस मिनट ठहर जा, मेरा जी ठिकाने नहीं आ रहा है।" वह फिर चारपाई पर अधलेटे-से हो गए।

"आपने कहा था...चाय का घूंट..."

"नहीं, इस वक्त नहीं..." कहते हुए वह फिर चारपाई पर से उठ बैठे, और मुझे कन्धे से पकड़कर कहने लगे, "यह ज़रूर केन्या वाले होंगे, उनके पास पैसा भी बहुत है, पैसे के ज़ोर से सब कुछ हो सकता है, वह पुलिस की आंखों में भी मिट्टी झोंक सकते हैं..."

मैंने चारपाई के पाये पर से उठाकर उनका कोट पकड़ाया, तो कोट को गले में डालते हुए वह कहने लगे, "मेरे भाई का खून सफेद नहीं हो सकता...नहीं, नहीं..."

× × ×

मैं और चाचाजी जब अस्पताल पहुंचे, डॉक्टर ने अपनी रिपोर्ट लिखकर रखी हुई थी, और पिताजी एक बेंच पर बैठे ऊंघ रहे थे।

मैं पास जाकर खड़ा हुआ, तो वह जाग पड़े। पूछने लगा, "डॉक्टर ने क्या कहा है?" कि लगा—उन्हें बिलकुल ही कुछ सुनाई नहीं दे रहा हो। उन्होंने अपने कान के पास हाथ लाकर हिलाया, इशारे से बताया, "कुछ नहीं सुनता।"

मैं और चाचाजी डॉक्टर के पास कान की रिपोर्ट समझते रहे, "कानों की सब नाड़ियां और पर्दे ठीक हैं। कहीं कोई ज़ख्म या खरोंच

नहीं। जिस्मानी नुक्स कहीं नहीं...”

शायद अब और कुछ पूछने या समझने लायक नहीं था...

## आठ

दूसरे दिन बड़े सवेरे अभी सोया पड़ा था, कमरे का दरवाज़ा खटका। उठकर दरवाज़ा खोला, बाहर गौतम खड़ा था।

वह कमरे की दहलीज़ लांघ आया, पर बैठा नहीं। उसी तरह खड़े-खड़े कहने लगा, “भोजपत्र चाहिए, छोटा-सा टुकड़ा, कहां मिलेगा?”

इसके सिवाय कुछ नहीं कहा जा सकता था, “कहीं ढूंढूंगा। तू यहां चारपाई पर बैठ, मैं नीचे बाज़ार से दो प्याले चाय ले आऊं...।”

“नहीं, वक्त बड़ा थोड़ा है...” वह उसी तरह खड़ा रहा।

“कहां जाना है इतनी जल्दी?”

“जाना नहीं, पर तुझे पता है आज क्या तारीख हो गई है?”

“आज—बाइस जनवरी।”

“उर्मि बाइस अक्तूबर को गई थी...”

मन में आया—गौतम को यह तारीख ठीक याद थी, शायद उसके अन्दर का तवाज़न बहुत नहीं बिगड़ा था, और शायद अब वह ठीक हो रहा था...

वह कहने लगा, “तब उर्मि को सातवां महीना लगा था, इसका मतलब है कि अब पूरे दिन हो गए होंगे। बस आज या कल हमारा बच्चा ...”

मुझसे आगे नहीं सुना गया। वह उसी तरह खड़ा हुआ था, मैं ही

निढाल चारपाई पर बैठ गया।

उसने इधर चारपाई के पास आकर मझे एक कागज़ दिखाया जिसपर दो बड़े खाने और नीचे दो छोटे खाने बने हुए थे। ऊपर के खाने में 'क्लीं' लफ्ज़ लिखा हुआ था, निचले में पांच 'ह्रीं', तीन ' क्रं कें क्रों' और छोटे खाने में एक-एक 'हूं...'

"इस बीच की खाली जगह पर गर्भवती का नाम लिखकर रख लें, तो बच्चे को कोई खतरा नहीं रहता।"...गौतम कह रहा था, मैं रो रहा था, और इस बच्चे की मां कहीं रोने लायक भी नहीं रही थी...

"पर यह साधारण कागज़ पर नहीं लिखा जाता...यह भोजपत्र पर चन्दन से लिखते हैं..."

वह कह रहा था, धरती-अम्बर सुन रहे थे, पर चुप थे...

उसके मन को और तरफ लगाने के लिए मैं बोला, "तुझे डाक्टरेट करना है, सबजेक्ट कौन-सा लेना है?"

"चल उठ, कहीं पता करें, भोजपत्र कहां मिलेगा।"

हम दोनों जैसे बहरे हो गए थे, उसे मेरी बात सुनाई नहीं देती थी, मुझे उसकी बात।

नहीं—हमारे कानों को कुछ नहीं हुआ था...सारी दुनिया बहरी हो गई थी, जिसे हमारी आवाज़ सुनाई नहीं देती थी...

गौतम अपने ही ख्याल में खड़ा हुआ था। मैंने कहा कुछ नहीं, पास से गुज़रकर सीढ़ियां उतर गया। नीचे बाज़ार में चाय की दुकान नज़दीक ही थी, मैं उबले हुए अण्डे, थोड़े-से बिस्कुट और चाय लेकर आ गया।

उर्मि वाली चारपाई अभी भी मेरे कमरे में उसी तरह उसी जगह बिछी हुई है। मैंने हाथ उधर करके गौतम को बैठने के लिए कहा, तो वह बैठ गया। उसके पास पड़ी हुई छोटी-सी मेज़ पर मैंने चाय रखी

और अण्डे छीलने लगा।

गौतम ने एतराज़ नहीं किया, चाय ले ली। आधी पी थी कि उसे कुछ याद आ गया। उसने चाय का गिलास मेज़ पर रखकर जेब में हाथ डाला, और एक कागज़ निकालकर कहने लगा, "यह मेरे पास एक और मंत्र है, इससे जो भी उर्मि को दुःख देगा, उसका नाश हो जाएगा। पर यह नहीं...यह मैं नहीं लिखता..."

"क्यों?" मैंने ऐसे ही पूछ लिया।

वह कहने लगा, "यह कौए और उल्लू के खून से लिखा जाता है—मरघट में से मनुष्य की खोपड़ी लाकर, उस खोपड़ी पर। मुझसे मनुष्य की खोपड़ी को हाथ नहीं लगाया जाएगा..."

गौतम का मुंह सामने था। अचानक मेरे अपने बाप का मुंह भी सामने आ गया—जिसने किसी गैर-पराये की नहीं, अपनी ही बेटी की हड्डियों को और खोपड़ी को हाथ से उठाया, बहाया या दबाया होगा...

"यह सब जंतर-मंतर छोड़ दे गौतम। हम दोनों पागल हो जाएंगे। इनसे कुछ नहीं होने का..." मैंने गौतम के घुटनों के पास बैठकर एक ही वास्ता डाला।

"तुझे नहीं पता..." गौतम ने एक भरोसे से कहा, "तू साई बाबा के पास जाकर देख, वहां लोगों की भीड़ लगी रहती है। इन्हीं मंत्रों से कइयों के कारज सिद्ध हुए हैं।"

गौतम को बचाने की मुझे जैसे राह मिल गई। मैंने जल्दी से कहा, "अच्छा, तू मुझे साईं बाबा के पास ले जाएगा?"

"तू चलेगा? वह रेलवे लाइन से पार वाली झोंपड़ियों में रहता है। हमेशा यहां नहीं रहता, पता नहीं कब चला जाए..." गौतम ने हाथ में पकड़ा हुआ बिस्कुट का टुकड़ा फिर प्लेट में रख दिया—जैसे हमारे जाने में देर हो रही हो।

शनिवार था, कालेज सिर्फ एक ही पीरियड के लिए जाना था, मैंने कालेज का ख्याल छोड़ दिया, कहा, "अच्छा, अभी चलते हैं।" सोचा—साईं बाबा की मिन्नत करूंगा—बाबाजी हम मरे हुओं को न मारो...

पर मैं और गौतम रेलवे लाइन को पार करके, कच्ची राह की मिट्टी छानकर, साईं बाबा वाली झोंपड़ी में पहुंचे—तो वहां औरतों और मर्दों का इतना झुरमुट पड़ा हुआ था—जैसे ज़िन्दगी की सारी आशाएं वहां मिट्टी में रेंग रही हों।

हम भीड़ के आखिरी सिरे पर थे, पर साईं बाबा की आवाज़ वहां भी ऊंची-ऊंची कानों में पड़ रही थी "सदाशिवं सदानंदकरुणा-मृतसागरम्...तंत्रविद्या क्षणसिद्धि कथ्यसर्व मम प्रभो..."

साईं बाबा का मुंह उम्र से पका हुआ और एक अच्छा हठीला मुंह था। आंखें एक ही नज़र से चारों तरफ की भीड़ को परख लेने वाली। मैंने देखा—साईं बाबा की नज़र मेरे मुंह पर चील की तरह झपटकर गुज़र गई। मैं एक नया चेहरा था, शायद मेरे मुंह पर दीनता और विश्वास की मुहर नहीं थी...देखा—वह नज़र दूसरी बार झपटी, तो साईं बाबा की आवाज़ और ऊंची तथा सख्त हो गई, "शान्ति और पुष्टिकर्म में सत्ताईस दाने की माला पिरोई जाती है, वशीकरण में पन्द्रह दाने की, उच्चाटन में सत्ताईस दाने की, विद्वेषण में इकत्तीस दाने की, और आकर्षण में सत्तावन दाने की पृथक्-पृथक् प्रकार के डोरे में माला पिरोई जाती है..."

लोगों के इतने दीन मुंह मैंने कभी नहीं देखे थे। यह दुनिया ही जैसे मैं पहली बार देख रहा था, कमज़ोर, बीमार, बूढ़े, झुर्रियों वाले हाथ प्रार्थना में जुड़े हुए थे। औरतें फटी हुई धोतियों से अपनी आंखें पोंछ रही थीं। सबके वर्तमान और भविष्य जैसे उनकी फटी हुई झोली में से नीचे गिर गए हों...

साईं बाबा कह रहा था, "वशीकरण मंत्र सत्ताईस दिन में, मारक इकसठ दिन में, मोहन इकत्तीस दिन में, आकर्षण और उच्चाटन इकतालीस दिन में, और विद्वेषण मंत्र इक्कावन दिन में अपना फल देंगे..."

एक अधेड़-से दिखते आदमी ने साईं बाबा के एक पैर को कसकर पकड़ रखा था। साईं बाबा ने उधर नज़र की और कहा, "ॐ ह्रीं क्लीं—महालक्ष्म्यै नमः—वटवृक्ष के नीचे एकाग्र मन से महालक्ष्मी यक्षिणी का जाप करें, दस हज़ार संख्या में, तो लक्ष्मी स्थिर हो।"

एक चांदी का गोखरू-सा उस आदमी ने साईं बाबा के आसन की कन्नी उठाकर रख दिया, और दोनों हाथ जोड़कर परे हो गया।

साईं बाबा का पैर खाली हुआ तो एक मरियल-सी औरत ने उसके पास एक रुपया रखकर जल्दी से वह पैर पकड़ लिया। उसने साईं बाबा को कुछ बताया, पर मैं दूर था, सुनाई नहीं दिया। सिर्फ साईं बाबा की आवाज़ सुनाई दी—श्वेत आक की जड़ पुष्य नक्षत्र में उखाड़कर दाहिनी भुजा में बांधने से अभागी स्त्री भी स्वामी से सौभाग्य को प्राप्त होती है...

दुःखों का अन्त नहीं था, किसीकी नौकरी छूट गई थी, किसीका जवान बेटा बरस-भर से चारपाई पर पड़ा था, किसीकी कोख बांझ थी, किसीका भविष्य बांझ था...

साईं बाबा के जंतर-मंतर और चाहे कुछ न हों, पर ज़िन्दगी के छोटे-मोटे बहलावे ज़रूर थे। पर लोग, रोज़ के पता नहीं कितने लोग, बहलावों में बूढ़े हो रहे थे...

और देखा—साईं बाबा के बताए मंत्र कुछ तो मासूम-से लगते थे, पर कई बहुत भयानक भी थे—जिनमें कहीं चिता

की राख थी, कहीं मनुष्य की खोपड़ी, कहीं मनुष्य की हड्डी में से गढ़ी हुई सलाई...'या उल्लू, ऊंट और काले मुर्गे के खून की बात जैसे आम-सी थी...एक बार मैंने कानों से सुना कि उसने किसीको श्मशान में जाकर किसी मुर्दे की छाती पर बैठकर एक मंत्र पढ़ने का आदेश दिया। दो घंटों के बाद जब साईं बाबा के इर्द-गिर्द की भीड़ छंट गई, मैंने साईं बाबा के बिल्कुल कान के पास आकर कहा, "बाबाजी, किसीने पुलिस के बड़े अफसर के पास शिकायत की है कि आपके कहने पर लोग रात मरघट में जाकर मनुष्यों की खोपड़ियां चुरा लाते हैं। पुलिस आपके पीछे लगी हुई है...परसों एक आदमी एक मुर्दे की छाती पर बैठा पकड़ा गया है..."

साईं बाबा की लाल-लाल आंखें मेरे ऊपर बड़े ज़ोर से झपटीं, पर मैं सिर नीचा करके और दोनों हाथ जोड़कर साईं बाबा के सामने बैठ गया।

साईं बाबा चुप हो गए। इतने चुप कि गौतम के बोलने पर भी न बोले।

मैं इतना जान गया कि अगर मिन्नत-मोहताजी से साईं बाबा को कहूंगा कि लोगों को झूठे बहकावे मत दो, तो वह मेरी बात नहीं सुनने के।

पुलिस को कुछ कहने का सवाल ही नहीं था, किसीको कहसुनकर ले भी आता, तो उसे साईं बाबा के पास से भी कुछ ले-देकर अपनी राह चला जाना था। ऐसे ही तीर-तुक्का-सा लगाया, चल गया तो भी, न चला तो भी।

चुप लम्बी हो गई, तो मैंने गौतम का हाथ पकड़कर उठाया, "साई बाबा की समाधि लग गई है। चलो चलें। फिर कल आ जाएंगे।"

दूसरे दिन इतवार था, मुझे छुट्टी थी। इसलिए गौतम दूसरे दिन

मुझे फिर खींचकर वहां ले गया। पर दूसरे दिन साईं बाबा सचमुच वहां नहीं था।

## नौ

वह केन्या वाला, उर्मि का नहीं, उर्मि के गहनों का सगा मुझे ढूंढ़ता-ढूंढ़ता एक दिन मेरे कालेज आ गया। मेरे कमरे का शायद उसे पता नहीं था, या मिला नहीं था।

उसने मेरे नाम की चिट लिखकर मुझे बाहर न बुलाया होता, तो मैं उसको पहचान नहीं सकता था। पहले सिर्फ एक बार देखा था, वह भी सेहरे से ढंके मुंह को, अब बिलकुल भी पहचान नहीं रह गई थी। उसने नाम-पता बताया, तो मैं पहचान सका।

हैरान था, अब उसे मेरी क्या ज़रूरत पड़ गई थी, पर जब उसे साथ लेकर मैं अपने कमरे में आया, तो पता लगा कि उसे मेरी ज़रूरत क्यों पड़ी थी।

कमरे में, मेरी एक आदत थी, कि गौतम जब आता, मैं उसे हमेशा उर्मि की चारपाई पर बिठाया करता था, और खुद उसके सामने हमेशा अपनी चारपाई पर बैठा करता था। पर आज मैं जल्दी से उर्मि की चारपाई पर बैठ गया, और अपनी चारपाई की तरफ हाथ करके उसे बैठने के लिए कहा। लगा अगर वह उर्मि की चारपाई पर बैठ गया तो उर्मि की रूह को, जहां भी वह होगी, दुःख होगा।

सोच रहा था—अब उर्मि की बात वह क्या करेगा, कैसे करेगा, शायद मुझसे उसके खो जाने का या मरने का कोई भेद पूछेगा...

वह कुछ देर चुप रहा। फिर कहने लगा, "वह जब यहां पढ़ने के

लिए आई थी, उसके हाथों में सोने के कड़े थे।"

मैंने जवाब दिया, "हां, पर वह छुट्टियों में एक बार गांव गई थी, वहां वापिस दे आई थी।"

"नहीं," उसने धमकी सी देकर कहा, "वह जिस आदमी के पास चली गई थी, वह कड़े उसी आदमी ने अपने पास रख लिए हैं। तू उस आदमी के पास जाकर वह कड़े ला दे, नहीं तो..." वह कुछ आगे कहता हुआ रुक गया।

मेरी हड्डियों में कुछ जल-सा उठा, "नहीं, उस आदमी ने तुम्हारे घर के किसी गहने को या कपड़े को हाथ नहीं लगाया।"

उसने फिर ज़ोर से कहा, "उसे जब वह भगाकर ले गया था, कड़े उसके हाथों में पड़े थे।"

"वह भगाकर नहीं ले गया था..." कह रहा था कि मुंह का फिकरा बीच में छोड़ दिया। लगा—उसे कुछ भी कहने की ज़रूरत नहीं थी।

उर्मि ने हाथों के कड़े मेरे सामने उतारे थे, और इसी आदमी के छोटे भाई को गांव से बुलाकर मेरे सामने सौंप दिए थे। पर यह बात कहने से पहले मुझे एक अजीब ख्याल आया...

मैंने जल्दी से कहा, "फिर शायद मरते वक्त उसके हाथों में ही पड़े रहे हों..."

"नहीं, उसके हाथों में नहीं थे..." वह बात के जवाब में बोल गया।

सो—आज उर्मि की मौत मैंने कानों से सुन ली। अभी तक कानों से कुछ नहीं सुन सका था। अपने बाप के मुंह से भी नहीं, पर इस आदमी के मुंह से आसानी से ही सुन लिया।

सो-दूसरी घोड़ी वाला इसका बाप था। उसीने मरी हुई की बांहें टटोली होंगी...

आग की एक लपट मेरे मुंह में जली, कहा, "अगर तुम्हें इतना पता है, तो यह भी पता होगा कि उसे काटकर नदी में बहाया था कि ज़मीन में दबाया था?"

"यू—शटअप..." उसने कहा, और चारपाई पर से उठ बैठा।

मैं भी चारपाई पर से उठकर खड़ा हो गया, और कहा, "फिर वह कड़े जो किसीने चोरी से रख लिए हैं, तो तुम्हारे अपने भाई ने रख लिए हैं। मेरी बहन ने वह कड़े मेरे सामने तुम्हारे भाई को दिए थे।"

वह जाता-जाता खड़ा होकर कुहरी आंखों से मेरी तरफ देखने लगा और कहने लगा, "पर पहले तूने कहा था कि शायद मरते वक्त उसके हाथों में रहे हों..."

"अब तुम्हें पता लग गया होगा कि मैंने क्यों कहा था..." मैं अभी कह ही रहा था कि वह जल्दी-जल्दी सीढ़ियां उतर गया।

## दस

उर्मि की चारपाई पर, मैं पता नहीं कितनी देर तक औंधा पड़ा रहा।

मैं जैसे खुद अपने गले से लगकर रो रहा था।

मेरे कमरे की दीवारें—मुझे हाथों में पकड़कर दबोच रही थीं। इस कमरे से दौड़कर, कहीं बाहर—सारी धरती और सारे अम्बर के गले से लगकर रोना चाहता था...

अपना मन अपनी ही छाती में नहीं संभाला जा रहा था। अचानक मांस की गठरी बनी हुई मां याद आई, तो मुझे पहली बार उसपर बड़ा तरस आया। अपनी छाती का सारा उबाल वह कैसे अपने होंठों से पी

गई...

मैं गौतम के घर की तरफ चल पड़ा, चल नहीं पड़ा, उठकर दौड़-सा पड़ा...

वह घर पर नहीं था। पता नहीं कहां था। वह साईं बाबा के पास जाया करता था, पर अब तो वह भी वहां नहीं था। गौतम कहां चला गया?

उसकी गली के मोड़ पर एक तन्दूर है, शायद वहां हो?—यही सोचता हुआ मैं वहां गया। मुझे देखकर वह तन्दूर वाला, मेरे कुछ पूछने से पहले ही कहने लगा, "बाबूजी! तुम्हारे दोस्त बाबूजी को पता नहीं क्या हो गया है, परसों से वह गली के पिछवाड़े वाले कीकर के नीचे जाकर बैठे रहते हैं।"

"कीकर के नीचे? इतनी ठंड में?" कहता हुआ मैं गली के पिछवाड़े कीकर की ओर गौतम को ढूंढने चला गया।

गौतम लोई ओढ़कर सचमुच कीकर के नीचे बैठा हुआ था। उसकी आंखें बन्द थीं, इसलिए उसने मुझे पास आते नहीं देखा।

मैं चुपचाप उसके पास जा खड़ा हुआ। हाय राम रे। आंखें बन्द करके वह यह क्या पढ़ रहा था :

"बिसमिल्ला अर रहमान-उर रहीम
सात चक्कर की बावड़ी, गल मोतियन का हार
लंका-सी कोट समुद्र-सी खाई
जहां फिरे मुहम्मदा बीर की दुहाई
कौन बीर भागे चले, सुलेमान वीर चले
दुरानी बीर चले, नादरशाह बीर चले
मुट्ठी चले नहीं तो हज़रत सुलेमान की सात दुहाई..."

मैंने गौतम को झंझोड़कर हिलाया। मुंह से निकला, "तू किस

तरफ चल पड़ा गौतम? एक तो उर्मि पता नहीं किस तरफ चली गई, तू..."

"यह मुट्ठी पीर की चौकी है," गौतम को शायद मेरे विघ्न डालने पर गुस्सा आया, कहने लगा, "तू मुझे तीस दिन कुछ न कह, "मुझे कीकर के नीचे बैठकर हज़ार बार यह चौकी पढ़नी है।"

मुझे रोना आया और साथ ही गुस्सा। कहा, "यह दस लाख बार पढ़ने पर भी कुछ नहीं बनेगा। गौतम, होश में आ। आ, हम सच का आक एक बार फिर चबा लें..."

गौतम को मेरी बात सुनकर भी नहीं सुनाई दे रही थी। कहने लगा, "साईं बाबा पता नहीं कहां लोप हो गया है, मेरे वे मंत्र अधूरे ही रह गए। यह एक मुसलमान फकीर ने मुझे मंत्र दिया है..."

उस दिन मैंने गौतम को कुछ नहीं बताया, आज बताया, "तेरे साईं बाबा के कान में मैंने पुलिस का नाम लिया तो वह रातोंरात भाग गया। मैं तेरे इस मुट्ठी पीर को भी भगा दूंगा..."

"साईं बाबा को तूने उस दिन कान में यही कहा था?" गौतम हैरान और परेशान मेरे मुंह की तरफ देखने लगा।

"दुःखों से मति मारी जाती है गौतम। लोगों को अगर ज़िन्दगी में राह मिलती हो, तो वह इस तरह क्यों भटके! वह तो बेचारे लोग दुनिया का न कुछ जानते न बूझते, पर तू..."

"हमें भी तो कोई और राह नहीं मिलती...गौतम ने निराशा से कहा।

"वह जीती होती तो कोई राह होती..." मैंने कहा, और गौतम का हाथ पकड़कर, उसे कीकर के नीचे से उठाकर, उसके कमरे में ले आया।

सोने के कड़ों वाली सारी बात सुनाई, तो गौतम का बहुत दिनों का रुका हुआ रोना निकल पड़ा। उसकी बांहों ने इस तरह तड़पकर

पास पड़ी हुई चारपाई पर हाथ डाला जैसे उर्मि के बदन पर लगी हुई कुल्हाड़ी की सारी पीड़ा उसे हो रही हो...

गौतम जितना रो सकता था, मैं सोच रहा था, रो ले। बहुत दिनों से उसने जंतरों-मंतरों के सहारे जो रोना रोका हुआ था, उसके अन्दर से पीप की तरह निकल जाए। इसलिए मैं चुपचाप उसके पास बैठा रहा।

गौतम, मन के इस आवेग में, चारपाई की पाटी से सिर हटाकर उठा। उसने दीवार की अलमारी को खोलकर अलमारी के कुछ कपड़ों को ऐसे बांहों में भींच लिया, जैसे उन कपड़ों के गले लगकर रो रहा हो...

उर्मि के कपड़ों वाली यह अलमारी शायद उसने आज पहली बार खोली थी...

गुलाबी रंग के ऊन के एक छोटे-से स्वेटर की बांहें, जैसे अलमारी के खाने में से बाहर की तरफ अपने को फैला रही थीं...

मेरे माथे में ज़ोर से पीड़ा होने लगी। साथ ही कुछ याद आया—पर मुंह से कुछ बोला नहीं गया—वही बात, इसी वक्त गौतम को याद आई।

कहने लगा, "एक दिन उर्मि जब यह स्वेटर बुन रही थी, तुझे याद है?"

"हां, याद है।"

"उस दिन हम बहुत हंसे थे..."

"हां।"

"उर्मि भी बहुत हंसी थी"—उसने कहा, "बृहस्पति की औरत तारा को जब चन्द्रमा भगाकर ले गया तो इस बात पर बहुत बड़ी लड़ाई छिड़ी...क्या पता अब भी कोई लड़ाई छिड़ पड़े..."

मुझे उस दिन की हंसी अक्षर-अक्षर याद थी, कहा, " उस दिन

मैंने कहा था कि उस लड़ाई में चन्द्रमा की तरफ शिव था, और बृहस्पति की तरफ इन्द्र। अब जो गौतम और केन्या वाले के बीच लड़ाई छिड़ी तो गौतम की तरफ मैं होऊंगा, और केन्या वाले की सहायता के लिए हमारा बाप होगा..."

"उर्मि हंसती रही, और यह स्वेटर बुनती रही। कह रही थी, अगर लड़ाई में जीतकर वह मुझे तारा की तरह वापिस छीनकर ले गए, तो भी गौतम का बेटा तो गौतम को दे जाएंगे, जैसे चन्द्रमा का पुत्र चन्द्रमा को दे गए थे..."

गौतम ने स्वेटर को मुट्ठी में भींच लिया, और बिलख पड़ा, "उन्होंने तो हमारे साथ धोखे की लड़ाई लड़ी, लड़ना था तो सीधे हाथों लड़ते..."

और फिर कपड़ों को सारी चारपाई पर बिखेरकर गौतम ने मेरी बांह झंझोड़ी, "एक बार उसे पूछ तो सही, उसने बाप होकर यह क्या किया..."

"किसे पूछूं गौतम!" मैंने बाप की हालत उसे उस दिन पहली बार बताई, "जब उसे मेरी आवाज़ सुनाई देती थी, उसने तब कुछ न बताया, अब तो उसे कुछ सुनाई ही नहीं देता..."

## ग्यारह

चाचाजी का खत आया, उनकी छुट्टी खत्म होने वाली थी, इसलिए मुझे एक दिन के लिए गांव बुलाया था।

रात की गाड़ी से चला गया। दूसरे दिन इतवार था, छुट्टी लेने की ज़रूरत नहीं थी। पता नहीं किस लिए बुलाया था? गांव में हमारी कोई

खेती-बारी वाली ज़मीन नहीं थी, जो मुझे सौंपनी थी। पिताजी शुरू से स्कूलमास्टर थे, और चाचाजी फौज में भरती हो गए थे। सारी उम्र की कमाई से उन्होंने मिलकर आम के बगीचे खरीदे थे, जो ठेके पर दिए हुए थे। रोटी का गुज़ारा चल रहा था...

घर पहुंचा तो चाचाजी वहां नहीं थे, एकदम सुन्न समाधि सरीखी हालत थी। मां थी, बाप भी वहीं था, पर मिट्टी की मूर्तियों की तरह। मां पहले ही कम बोलती थी, अब बिलकुल गूंगों की तरह बैठी हुई थी। पता लगा, पिताजी को कोई फर्क नहीं पड़ा। उन्हें, चाहे कोई खूब ज़ोर से दरवाज़ा खटखटाता रहे, तो भी सुनाई नहीं देता था।

चाचाजी का घर बहुत पास नहीं था। पर दूर भी नहीं था। गाड़ी का वक्त भी पता था उन्हें। ज़रा-सा खड़ा ही हुआ था कि वह आ गए। मां उठकर चूल्हे के पास आ बैठी थी, पर उससे बार-बार उठा नहीं जा रहा था। वह इशारे से कोई बर्तन या लकड़ी मांगती तो पिताजी पकड़ा देते।

एक अजीब बात देखी—मां ने दूध गरम करने के लिए छोटी पतीली मांगी तो पिताजी ने उठकर लोटे से हाथ धोए, फिर पतीली पकड़ा दी। फिर उसने चाय का पानी रखने के लिए एक और पतीली मांगी, तो पिताजी ने फिर लोटे के पानी से हाथ धोए और एक पतीली पकड़ा दी। फिर उसने इशारे से एक लकड़ी मांगी, तो पिताजी ने फिर पानी से हाथ धोए और उसको लकड़ी पकड़ा दी। फिर उसने चाय के लिए गिलास मांगे, तो पिताजी ने से हाथ धोए और गिलास परछत्ती से उतारकर उसके आगे रख दिए...

मैं घबराकर चाचाजी की तरफ देखने लगा।

"मैंने तुझे इसीलिए बुलाया है। इधर भाई को रोज़ पता नहीं क्या होता जा रहा है, उधर मेरी छुट्टी खत्म हो रही है, इसका हम क्या

करें?" चाचाजी ने मूढ़े पर बैठते हुए कहा, तो मैं धीरे से बोला, "बाहर जाकर बात करते हैं, इनके सामने..."

"पर यहां और बाहर में कोई अन्तर नहीं, भाई तो कुछ सुनता ही नहीं।" चाचाजी ने कहा तो मुझे सचमुच चक्कर-सा आ गया। पिताजी के सामने कुछ भी कहना कितना मुश्किल होता था, और अब...अब चाहे कुछ भी कहे जाओ...

चाचाजी कह रहे थे, "मेरे देखते-देखते भाई को हाथ धोने का खब्त हो गया है...यह बीमारी पता नहीं क्या बला है...अन्दर-बाहर जाते भी हाथ धोकर जाता है..."

मां की तरफ देखा तो वह माथे पर हाथ मारकर कर्मों को रो रही थी।

"अगर तू कहे तो..." चाचाजी ने चाय को फूंक मारकर गिलास में से एक घूंट भरा और कहा, "तेरी चाची को इनके पास छोड़ जाऊं? वैसे तो पास ही है, दिन में एक-आध फेरा लगा जाती है, पर दिन-रात पास रहने की बात और होती है।"

"पर यह मुझसे क्यों पूछते हो चाचाजी? यह तो चाची की मेहरबानी है जो वह.." कह रहा था कि चाचाजी ने बात काटकर कहा, "वैसे तो जो मैं कहूंगा वह करेगी, पर...भाभी को कोई एतराज़ नहीं, जो तू मान जाए और मेरे पीछे पांच-सात दिन यहां रहकर जो तेरी चाची कहती है वह करवा दे..."

"वह क्या?"

"अभी आ रही है, तुझे खुद ही बता देगी। है तो औरतों का वहम ही, पर वहम का इन्सान क्या करे..." चाचाजी कह रहे थे कि चाची आ गई। उसने मुझे प्यार किया, और मां को चूल्हे के पास से उठाती हुई कहने लगी, "उठ भाभी! तू चाय का घूंट भर, मैं इन्हें परांठे बना देती हूं।"

पिताजी ने फिर हाथ धोए, चाय का गिलास पकड़ा और उधर मूढ़े पर बैठ गए।

चाचाजी कहने लगे, "ले, बता लड़के को, जो कुछ करवाना है..."

चाची पहले चुप कर गई, फिर कहने लगी, "मेरी भी छाती कलपती है, तब ही कह रही हूं..."

"वह तो ठीक है, पर बता दे न जो तुझे ख्याल आता है..." चाजाजी ने कहा, तो चाची ने तवे का परांठा उताकर मेरे आगे करते हुए कहा, "ऐसे ही मन बुरा है, वहम आता है..."

मैंने परांठे वाली थाली पिताजी की तरफ कर दी तो चाची ने कहा, "यह ऊपर का उतारकर उन्हें देने लगी थी, मैंने सोचा, तू रात का भूखा होगा, तुझे पहले दे दूं।"

"कोई बात नहीं, अगला सही," मैंने कहा और पूछा, "अच्छा, बता चाची।"

"देखना, वह तो जीती कहीं दिखती नहीं..." चाची ने कहा, "जीती होती तो कोई तो खैर-खबर मिलती..."

बड़ा अजीब लग रहा था—पिताजी सामने बैठे थे, पर किसी बात से उनका कोई सम्बन्ध नहीं रहा था...

"मैं यह कहती हूं," चाची ने कुछ हिचकियां लेकर कहा, "उसका न कोई क्रिया न कर्म...क्या खबर घर को यही श्राप लग गया है... देखते-देखते तेरी मां खटिया से लग गई, अब अचानक भाईजी के कानों पर पर्दे पड़ गए...वह पत्थर-से बैठे रहते हैं..."

लगा, चाची इस घर में आकर रहने से डरती थी और शायद घर में से भूत-प्रेत निकलवाने के लिए कुछ कह रही थी। सो पूछा, "फिर बता चाची, क्या करें?"

चाची ने जल्दी से कहा, "मुझे तो बड़ा भरोसा है, भई, जहां

शिवपुराण की कथा हो जाए, वहां से सारे पाप छूट जाते हैं। इसका बड़ा महातम होता है।"

"पर बेटे, यह उसके इतने ढकोसले बताती है, करेगा कौन?" पास से चाचाजी ने कहा, तो चाची ने जल्दी में 'ॐकार शिवाय नमः' कहके चाचाजी को घूरा, "यह मुंह से कैसा लफ्ज़ निकाला है?"

मुझे भी कुछ शिवपुराण के बारे में पता था, सुनने-सुनाने से, खास तौर पर उसके इस माहात्म्य के बारे में कि इस पुराण को सुनने से ब्रह्म-हत्या का दोष भी उतर जाता है, इसलिए चाची के मन की बात समझ गया।

सो लोग चाहे मुंह से कुछ नहीं कह रहे थे, पर अन्दर से कहीं उर्मि की हत्या वाली बात जानते थे।

मैंने चाची से सिर्फ इतना ही कहा, "पर चाची! उसका माहात्म्य तब होता है, जब कोई उसे एकाग्र मन से सुने।"

"और ऐसे थोड़े ही..." चाची ने कहा, तो मैंने पिताजी की तरफ इशारा किए बिना ही कहा, "पर वह तो अब सुन नहीं सकते।"

चाचाजी को इस बात का पता भी था, परन्तु उन्हें यह ख्याल ही नहीं आया था। जल्दी से कहने लगे, "लो फिर तो बात ही खत्म हो गई।"

चाची ने मां की तरफ देखकर हैरान-सी होकर कहा, "भाभी! यह तो ख्याल ही नहीं आया। फिर अब?"

मां ने हवा में हाथ-सा मार दिया, जैसे उसका अब कुछ बनता-बिगड़ता न हो।

"अच्छा फिर..." चाची का हाथ चकले पर रुक गया, कुछ सोचती-सोचती कहने लगी, "फिर इतना-सा तो करो कि कागज़ पर पांच अक्षर लिख दो, बस यही 'नमः शिवाय'—नहीं, नहीं, 'ओम् नमः

शिवाय' और लिखकर भाईजी को दे दो। वह इसका जाप करते रहा करें। यह तो कोई बड़ी बात नहीं।"

"हां, यह तो मुश्किल बात नहीं, जो भाई मान जाएं तो।" चाचाजी ने जल्दी से कहा। उन्हें काम बड़ा आसान होता-सा लगा।

"चलो पूछो तो भाईजी से, मान जाएंगे!" चाची ने कहा तो चाचाजी ने जेब में हाथ डाला। कागज़ कोई नहीं था, पर पेंसिल थी। उन्होंने वहीं ज़मीन पर ही यह लिखकर पूछा कि वह इस मंत्र को पढ़ेंगे कि नहीं?

पिताजी ने फिर हाथ धोए, और पास आकर ज़मीन पर लिखे अक्षरों को पढ़कर धीरे से सिर हिलाया। उनमें कोई उत्साह नहीं आया, पर उन्होंने मना भी नहीं किया।

मैंने चाची की तरफ देखा, उसका मन कुछ हल्का हो गया सा लग रहा था। कहने लगी, "बस, एक बात और। मिट्टी से अपने हाथों शिव की मूर्ति बनाकर यहां कहीं पर घर में रख छोड़।"

मेरा निगोड़ा मन...

सुना हुआ था कि शिव की मूर्ति नदी की मिट्टी से बनानी चाहिए, मैंने एक कागज़ ढूंढकर उसपर पेंसिल से लिखा, "आओ चलें! नदी पर जाकर मिट्टी ले आएं, नदी की पवित्र मिट्टी से ही शिव की मूर्ति बन सकती है," और कागज़ पिताजी के आगे रख दिया।

पिताजी सुन नहीं सकते थे, पर बोल सकते थे। पर यह कागज़ पढ़कर वह बोले नहीं—सिर्फ उनका सिर 'नहीं-नहीं' में कांपने लगा...

चाचाजी एकटक मेरी तरफ देखते रहे, पर मैं फिर किसीके मुंह की ओर न देख सका।

उस वक्त नहीं, पर जब वापिस शहर आ गया, अपने कमरे में रात को सोने लगा तो एक ख्याल आया—जैसे आज पिताजी का सिर

कांप रहा था, शायद ब्रह्मा का पांचवां सिर भी एक दिन इसी तरह कांपा था...ब्रह्मा के चार सिर सत्यवादी थे, पर पांचवां मिथ्यावादी था...

बन्द हुई मुट्ठियों में मेरे हाथों के नाखून मेरी हथेलियों में चुभ गए—"एक दिन शिव ने माथे पर तेवर डाले, कहते हैं उसकी भौं में से भैरव निकला—और उसने ब्रह्मा का पांचवां सिर काटकर ज़मीन पर फेंक दिया...शायद वही धरती पर गिरा हुआ ब्रह्मा का पांचवां सिर धरती के मनुष्य को नसीब हुआ है..."

मेरे अपने नाख़ूनों से मेरी हथेलियां बिंध गईं—आज शिव के तेवर किसीके पास नहीं...मैं अपना माथा सिर्फ अपने हाथों में छुपा सकता हूं...शिव का माथा, और शिव के तेवर अगर किसी दिन मुझे...मुझे नसीब हो जाएं...

## बारह

गौतम काम पर जाने लगा है। सवेरे पहले नौकरी की तरफ जाता है, फिर रिसर्च के लिए यूनिवर्सिटी लाइब्रेरी में।

मैं कोशिश करता हूं—गौतम से कम मिलूं। मुझे लगता है—मुझे देखकर उसका ज़ख्म खुल जाता है।

हम जब मिलते हैं, हमारे दरम्यान उर्मि होती है। जब ज़िन्दा थी, तब भी हुआ करती थी, अब ज़िन्दा नहीं रही, तो भी है...

कभी जब बड़े होश में होता हूं, सोचता हूं—दुनिया-भर की किताबे अब उर्मि की जगह ले लें। अब जब गौतम आए या मैं गौतम के पास जाऊं, तो हमारे दरम्यान इतनी किताबें हों कि वहां सुई रखने जितनी जगह भी खाली न हो...

नहीं—उर्मि की जगह कोई नहीं ले सकता। सिर्फ यह कि वह किताबों में समा जाए...दुनिया में जितना भी इल्म है, उसके अक्षर-अक्षर में समा जाए...

मैं बहुत दिनों से गौतम के पास नहीं गया था, एक दिन गहरी शाम वह खुद ही आ गया।

उस दिन वह मन से बहुत संभला हुआ लग रहा था। कुछ वक्त—यही बातें करता रहा कि यूनिवर्सिटी की लाइब्रेरी में किताबें बहुत कम हैं, किसी किताब के हवाले से वह दूसरी ढूंढ़ने लगता है, तो मिलती नहीं।

यह पता था कि वह रिसर्च कर रहा है, पर मुझे रिसर्च के मज़मून का पता नहीं था। इसलिए पूछा, "तूने कौन-सा मज़मून लिया है?"

वह हंस-सा पड़ा, "भारत में बलि की प्रथा।" उसकी हंसी में एक कसक थी। मुझे यही ख्याल आया कि इस मज़मून में—हर वक्त एक खून उसकी आंखों के आगे फैला रहेगा—इसलिए कहा, "कोई और मज़मून ले लेता, जिससे..." उसने बात काट दी, "जिससे उसका ख्याल भूल जाता, तू यही कहने लगा था न?"

मैंने कुछ नहीं कहा। उसीने कहा, "रिसर्च के लिए बिल्कुल जी नहीं करता था। कोई भी किताब पकड़ता था, उसका हर सफा एक-सा लगता था...पर इस मज़मून में मेरा मन रह गया है..."

"पर..." मैंने कुछ झिझककर कहा, "इसके साथ तू फिर जन्तरों-मन्तरों की दुनिया में न फिसल जाए..."

"नहीं, बल्कि उल्टा लगता है। इस दुनिया का वजूद ही खौफ में से बना था, चाहे वह आग का या पानी का खौफ था और चाहे भूख का या बैरी का...रिसर्च का मतलब ही है कि उसके कारण तक पहुंचना..."

उसने ऐसे कहा तो मुझे उसकी तरफ से कुछ ढाढ़स-सा बंधा।

फिर कुछ देर वह वैदिक काल की बातें सुनाता रहा कि पूजा और बलि का वर्णन उस काल में भी मिलता है, खासकर चौथे वेद में...

और अचानक वह उर्मि की चारपाई पर, जहां बैठा था, झुककर चारपाई के सिरहाने को छूकर कहने लगा—"तू वहम न समझना! पर आज मैं कबीलों के देवी-देवताओं के बारे में पढ़ रहा था, तो उसमें आया कि वे लोग एक मनुष्य की एक रूह नहीं मानते। उनका ख्याल है कि एक मनुष्य में तीन रूहें होती हैं। और मनुष्य जब मर जाए, एक रूह आसमान को चली जाती है, एक यहां ही धरती पर जंगलों में भटकती रहती है, और तीसरी..."

मैं चुप उसकी तरफ देखता रहा। कुछ देर बाद उसने कहा, "उसकी तीसरी रूह वहीं उसके घर में रहती है...कहीं नहीं जाती..."

वह अपने ख्यालों में से जब खुद ही कितनी देर तक न लौटा, तो मैंने धीरे से कहा, "पर गौतम, यह सब कुछ सिम्बोलिक नहीं? ज़िन्दा मनुष्य में उसकी रूह के ये तीन पक्ष नहीं होते?—एक बड़ा खूबसूरत दैविक पक्ष, एक भ्रम और भुलावों के जंगल में भटकता, और तीसरा ज़िन्दगी की हकीकतों में हंसता और रोता..."

"हां..." उसने धीरे से कहा, और साथ ही कहा, "इसी तरह मरने के बाद यह हमारी चाह होती है कि जाने वाले का कुछ हमारे पास रह जाए, इसलिए...इसलिए..."

और गौतम उठकर जाते हुए कहने लगा, "पर तू इस चारपाई को यहां इसी तरह रहने देना। मेरे कमरे में भी उसकी चारपाई और अलमारी उसी तरह, उसी जगह पड़ी हुई है। कुछ तस्कीन-सी होती है...वहम...नहीं...अच्छा, वहम ही सही..."

गौतम चला गया। पर सारी रात मेरे मन में खलबली-सी रही। दूसरे दिन कालेज के समय के बाद मैं कमरे में लौटने के बजाय लाइब्रेरी में चला गया। गौतम अभी वहां नहीं आया था। मैं अकेला कुछ किताबें देखने लगा—जैसे इतिहास और मिथ्स में से गौतम को ढूंढ़-सा रहा होऊं...

वैदिक काल, प्राग्वैदिक काल, प्रीसाइंटिफिक एज...

माइथालोजी—लैंग्वेज आफ द प्रिमिटिव...

अग्नि, वायु, सूर्य—प्राकृतिक तत्त्व—यही समय-समय पर ब्रह्मा, विष्णु, शिव हो गए...जन्म, विकास और विनाश के चिह्न—सत, रज, तम—त्रिगुण...

सृष्टि की शक्तियों के नियम ढूंढ़ने के लिए और उनके साथ जुड़ी धरती के भेद को पाने के लिए मनुष्य ने सबसे पहले जो दो देवताओं की कल्पना की थी, वह असुर-वरुण थे—वरुण लफ्ज़ की जड़—वर, व्री, यानी रोकना—थामना—जल-थल को थामना...

और असुर शब्द पर मेरा ध्यान अटक गया। असु के अर्थ प्राण, सो असुर के अर्थ प्राण-दाता। ऋग्वेद में असुर शब्द देवताओं के लिए था पर बाद में उल्टे अर्थों में दैत्यों के लिए कैसे हो गया? यह अर्थ क्यों और किस तरह उलट जाते हैं?

और एक भयानक ख्याल से मैं कांप गया—क्या रिश्तों की बनावट में कभी 'पिता' शब्द के अर्थ भी उलट जाएंगे?

लगा—आज गौतम के सामने नहीं हो सकूंगा। मैं लाइब्रेरी में से जल्दी से बाहर आ गया।

वहां से बाहर आ गया, पर अपने-आपमें से शायद कभी भी बाहर नहीं आ सकूंगा...

मेरे अपने मन की मिट्टी से मेरे पैर सने हुए हैं...

'मन' की बात करते हुए ख्याल आया—मन के अस्तित्व और

उनकी सारी फिलासफी जब नहीं होती थी, शायद तब मनुष्य बहुत सुखी होता था...मन की फिलासफी हमें कल्पना ने दी...

पीछे से किसीने कन्धे पर हाथ रखा। देखा, गौतम खड़ा था।

"वापिस जा रहा है?"

"लाइब्रेरी में गया था, तू वहां नहीं था, इसलिए..."

"मुझे कुछ देर हो गई, आ चलें।"

"नहीं, कमरे में जाऊंगा..."

उसने कुछ नहीं कहा, मेरे साथ कमरे की तरफ चल पड़ा। राह में चुप रहा था, कमरे में पहुंचकर कहा, "तेरा हर्ज होगा, तू चला जाता।"

"रात बहुत देर तक पढ़ता रहा था, सिर में कुछ दर्द था—ठहरकर चला जाऊंगा..."

उसने हाथ के कागज़-पेंसिल को चारपाई की पाटी पर रख दिया, और उर्मि के तकिये का सहारा लेकर कहने लगा, "तू सड़क के किनारे कितनी देर से खम्भे की तरह खड़ा हुआ था। मैंने तुझे दूर से देखा था, फिर सड़क पार की, तेरे पास आया, तू वहीं का वहीं खड़ा था..."

"सोच रहा था..." मुझे खुद ही हंसी-सी आ गई, पर बताया, "मन की कल्पना, कहते हैं आस्ट्रिक कल्पना है। हिन्दू फलसफे ने यह उनसे ली थी..."

गौतम मुस्करा-सा दिया...

मैं अपनी रौ में था, कहे गया, "उनके स्वभाव की एक विशेषता तब भी थी, अब भी है...वह बड़े इमैजिनेटिव थे पर पैसिव, एग्रेसिव बिल्कुल नहीं...तेरी और मेरी तरह...जैसे हम कुछ नहीं कर सकते, सिर्फ सोचे जा रहे हैं, सोचे जा रहे हैं..." और मैंने उसी सांस में यह भी कहा, "इसीलिए उनकी कल्पना झट वहम और भ्रम की तरह

फिसल जाती थी, जैसे तू उन जंतरों-मन्तरों की तरफ पड़ गया था..."

"फिर तो तुझे और मुझे अब तक पहाड़ों और जंगलों में मील के पत्थर होना चाहिए था...जब वह पहले-पहल यहां आए थे, हाथों में सिर्फ तीर-कमान लेकर आए थे, पर हमेशा उसी तरह रहे...आर्य लोग वेद रचते रहे, पर वह तीर-कमान लिए उसी तरह जंगलों में बैठे रहे..." गौतम ने तकिये को पीठ की तरफ से निकालकर, सामने पैरों पर रख लिया।

"पंचतन्त्र, कहते हैं आस्ट्रिक विचारों के सहारे बना था..." मैंने कहा, पर साथ ही कहा, "अब मन की फिलासफी अगर हमारे विचारों में आ ही चुकी है, तो इसका क्या हो सकता है, यह रहेगी...चाहे कहीं से आई हो, पर रहेगी..."

फिर पूछा, "तेरा थीसिस शुरू हो गया है कि नहीं?"

"कल रात शुरू कर दिया। इसलिए रात को बहुत जागता रहा था," गौतम ने चारपाई की पाटी पर रखे हुए कागज़ उठाए, और कहने लगा, "रफ नोट जो पहले लिखे, वह मेरे पास हैं। तुझे सुनाऊं—मैंने कैसे शुरू किया है?"

मुझे लगा—अब जैसे गौतम संभल गया हो, पर मैं पैरों से उखड़ रहा होऊं। मैंने उसकी तरफ ध्यान देकर कहा, "सुना।"

गौतम ने कुछ कागज़ सिलसिलेवार लगाए, और पढ़ने लगा कि फिर अचानक कागज़ों से सिर उठाकर कहने लगा, "बीच में एक ख़्याल आ गया है, तेरी आस्ट्रिक कल्पना से नागाओं में हमें मंगोल फीचर्ज़ मिलते हैं, जैसे, कोल, भील और मुण्डा लोगों में आस्ट्रेलियन पर नैग्रायड फीचर अब हमें कहीं नहीं मिलते, हालांकि अजन्ता की मूर्तियों में सिर्फ उन्हींके नैन-नक्श संभाले हुए हैं। और तुझे पता है कि हिन्दू फलसफे में पितरों के श्राद्धों की जितनी मान्यता है, वह उनकी

कल्पना से आई थी। खास-खास पेड़ों और जानवरों की मान्यता भी उनकी देन थी। स्वर्ग की राह में एक पुल है जो मुश्किल से लांघना पड़ता है, यह ख्याल भी उन्होंने दिया था...”

“पता नहीं, कहां से क्या-क्या आया...” मुझे अपने-आपपर हंसी आ गई, और ख्याल आया, “पर सब कुछ मिलाकर आखिर बना क्या?”

“अच्छा तू थीसिस सुना, कैसे शुरू किया है?” मैंने संभलकर कहा।

गौतम ने फिर कागज़ों की तरफ ध्यान दिया, “इस दिखती ज़िन्दगी के पीछे कौन-सी अदृश्य शक्तियां हैं? मनुष्य की इस सोच में से जो इतिहास शुरू होता है—उसके दो आदि रूप मिलते हैं—एक पूजा और एक हवन। आर्यों से पहले के समय में पूजा ज़रूर थी, पर यज्ञ-हवन नहीं था।”

“अच्छा? ...” अचानक मेरे मुंह से निकला।

गौतम कह रहा था, “पु का अर्थ पुष्प है, फूल। पूजा का भाव है पुष्प-कर्म। यह द्रविड़ कल्पना थी। अनार्य कल्पना। वह सिर्फ अदृश्य शक्तियों के आगे फूल-पत्र चढ़ाकर सन्तुष्ट हो जाते थे।”

“फिर?” मेरे मुंह से निकला।

“फिर आर्य आए—ईरान की तरफ से, या दक्षिणी रूस की तरफ से। वह अन्न को उगाना नहीं जानते थे, भेड़ों के मांस पर गुज़ारा करते थे। कुदरती ताकतों को सन्तुष्ट करने के लिए उन्होंने अग्नि को एक ऐसा दूत माना जिसके द्वारा वह अदृश्य शक्तियों से अपना सम्बन्ध जोड़ सकते थे। इसलिए जब आग जलाते, जो कुछ खाने के लिए पास होता, पहले उसका एक हिस्सा निकालकर अग्नि में डाल देते।”

“सो भेड़-बकरी या जो भी पशु-पक्षी मारते...”

"हां, इसी रीति का नाम यज्ञ था। द्रविड़ों ने पूजा शुरू की, आर्यों ने हवन। उसका नाम पुष्प-कर्म था। इसका नाम पशु-कर्म रखा गया। उनकी खुराक में ज्यों-ज्यों दूध, मक्खन और अनाज शामिल हुए, उसका हिस्सा भी मांस के साथ-साथ, अग्नि में डालने की रीति बनी..."

"सो यहां से बलि की प्रथा चली..."

"हां..." गौतम ने पैरों पर पड़े तकिये को हाथ में भींच-सा लिया, कहने लगा, "मनुष्य को कभी आसमानी ताकतों का खौफ लगता रहा, कभी धरती की मुसीबतों का—भूख का, दुश्मन का, समाज का और भेड़ों, मुर्गों, घोड़ों की बलि देकर...अपने अज़ीज़ लोगों को भी...वह सोचता रहा कि उसकी ज़िन्दगी की मुसीबतें टल जाएंगी...यह ख्याल शायद कभी भी खत्म नहीं होगा..." गौतम का माथा, उसके हाथ में भिंचे तकिये की सलवटों को तरह, सिकुड़ गया, "बलि की यह रस्म अब भी चली आती है—अभी उन्होंने उर्मि की बलि दी है..."

इससे आगे कुछ कहने लायक और कुछ सोचने लायक नहीं रहा था...

मैं चुप था, गौतम चुप था...

# तेरह

गौतम के सिर में दर्द था, पर कुछ देर बाद ही उसका ज़िस्म तपने लगा। उठकर जाने लगा, तो बोला, "लाइब्रेरी नहीं जाया जाएगा..." मैंने ही उसे रोक लिया था, "अगर लाइब्रेरी नहीं जाना है तो वहां कमरे में अकेला क्या करेगा, रात यहीं रह जा। बुखार

शायद बढ़ न जाए..."

पहले कभी वह रात को मेरे कमरे में नहीं रहा था। पहली बार रहा। पर आधी रात तक इतना बेचैन था, मुझे लगता रहा कि उर्मि की चारपाई पर शायद वह हश्र तक जागता रहेगा, सो नहीं सकेगा...

उसका जिस्म गर्म था, तेज़ बुखार नहीं था, पर दो-तीन बार चाय पीने के अलावा उसने कुछ भी नहीं खाया था। कमरे के साथ लगता एक छोटा-सा बरामदा था, जिसे तख्तों से ढंककर, जब उर्मि थी, मैंने एक छोटी-सी रसोई बनाई थी। बिजली का स्टोव और वह बर्तन आज भी वहां उसी तरह पड़े थे, पर उर्मि के जाने के बाद, मैंने कभी उन्हें इस्तेमाल नहीं किया था। शाम को गौतम के कहने पर मैंने कुछ चीनी, दूध और चाय की पत्ती लाकर वहां चाय बनाई थी, पर आधी रात एक खटके से मैं जागा, तो देखा—गौतम उस वक्त भी वहां जाकर फिर चाय बना रहा था।

मैंने नींद में ही पूछा था, "गौतम, तू सोया नहीं? तुझे बुखार बहुत तो नहीं?" उसने तसल्ली दी थी, "नहीं, अब बुखार नहीं है, तू सो जा..." मैं शायद ज़्यादा नींद में था, फिर मुझे कुछ पता नहीं, गौतम कितनी देर तक जागता रहा।

सुबह जब मैं जागा, तो मैंने उठकर गौतम के जिस्म को हाथ लगाया। जिस्म ज़ोर से तप रहा था। पर वह नींद में था, मैंने उसे जगाया नहीं। कुछ देर बाद लगा, जैसे वह नींद में कुछ बोल रहा हो। मैंने उसकी चारपाई के पास आकर उसे हिलाया, जिस्म को टटोला—तो वह पसीने से भीगा हुआ था...

अचानक, उसने सोए हुए ही, अपने जिस्म से छूती मेरी बांह कसकर पकड़ ली, और सारा ज़ोर लगाकर अपनी तरफ खींची। उसके इसी अपने ज़ोर से उसकी नींद खुल गई, और वह मेरी तरफ ऐसे देखने लगा, जैसे मुझे पहचानता न हो...

"गौतम, तेरा बुखार उतर गया, देख तुझे कितना पसीना आया हुआ है," मैं उसे तसल्ली-सी देने लगा, तो उसके मुंह से निकला—"मैं यहां किनारे पर कैसे आ गया?"

"किनारे पर? कौन-से किनारे पर?" मैं हैरान उसे पूछ रहा था।

गौतम बोला नहीं। मेरी तरफ देखता रहा। फिर उसने तकिये से सिर उठाकर, सारे कमरे की तरफ देखा। और फिर उठकर चारपाई की पाटी पर बैठ गया।

मुझे लगा, उसके जिस्म में एक कंपकंपी-सी आई। मैंने उसकी उतारी हुई रज़ाई फिर उसके, बैठे हुए के कंधों पर पास कर दी।

"रात बड़े ही अजीब-से सपने आते रहे..." गौतम ने बहुत देर बाद लौटे होश से कहा।

"शायद बुखार था, इसीलिए..." मैंने कहा।

"शायद..." उसने इतना कहा और चुप हो गया।

मैंने सोचा था, मैं सपनों की बात नहीं पूछूंगा, उसे फिर दोबारा उनकी याद न दिलाऊंगा, पर मैं उसके पास से उठने लगा, तो उसने इशारे से बैठे रहने के लिए कहा।

और कहने लगा, "इतने दिनों से मुझे एक बार भी उर्मि का सपना नहीं आया था। आज रात पहली बार उसका सपना आया।"

"वह कुछ बोली? उसने कुछ मुंह से कहा?" मैंने सोचा था, सपने की बात नहीं पूछूंगा, पर वह जब सपने को सुनाने लगा, तो मैंने यह पूछा। लगा—क्या पता, सपने में उसके अपने साथ जो बीती थी, वह बताया हो...

"सपने में बड़ा ही कुछ मिला हुआ है, मैंने उसे कई तरह, कई शक्लों में देखा—पहले एक मन्दिर में देखा...उजाड़ जंगल में एक मन्दिर था, पर मन्दिर में बहुत-से लोग थे, वह एक देवी की पूजा कर

रहे थे..." गौतम ने हथेली से माथे का पसीना पोंछा, और मेरी तरफ देखकर कहने लगा, "पत्थर की वह मूर्ति, उर्मि की मूर्ति थी। सिर्फ उस मूर्ति में एक अजीब बात थी कि उसकी कोख में कितने ही फूल और पत्र उगे हुए थे..."

"फूल-पत्र लोगों के चढ़ाए हुए होंगे..." मैं कह रहा था कि गौतम ने ज़ोर से कहा, "मूर्ति के पास पड़े हुए नहीं, उसके शरीर में से उगे हुए..."

गौतम कितनी देर तक कुछ सोचता रहा, फिर कहने लगा, "मेरा ख्याल है—मैंने पिछले दिनों जो मोहनजोदड़ो के खंडहरों में से निकली मूर्ति के बारे में पढ़ा था, शायद उसीसे यह सपना आया है। खंडहरों में से जो शाही मोहरें निकलीं, यह तसवीर मोहरों पर खुदी हुई मिली...

"द्रविड़ों ने पूजा के लिए जो सबसे पहली देवी कल्पित की थी, वह धरती थी। इसलिए देवी की कोख में से निकलते फूल-पत्र वह मूर्ति में बनाया करते थे..."

"हां, सपना उसीसे आया होगा।" मैंने सिर्फ इतना ही कहा। वैसे मन में आया कि गौतम के अचेतन मन में शायद अपने बच्चे का ख्याल भी होगा, और शायद वही बच्चा मूर्ति के शरीर में से उगते फूल-पत्रों का चिह्न होगा, पर गौतम से यह नहीं कहा गया।

गौतम कहने लगा, "मन्दिर में बहुत भीड़ थी। मैं भीड़ में से लांघकर जल्दी से मूर्ति के पास जाना चाहता था, पर लोग मुझे लांघने नहीं दे रहे थे। फिर उन्होंने मूर्ति के आगे आग जला दी, और उसके गिर्द खड़े होकर कोई मंत्र पढ़ने लगे। मैं आग के पास से गुज़रकर आखिर मूर्ति के पास पहुंच ही गया। पर इतनी देर में किसीने आग के पास एक ज़िन्दा लड़की को लाकर खड़ा कर दिया। और मुझे पता नहीं किसने धीरे से बताया कि आज के दिन पूनम की रात, इस देवी के

मंदिर में बलि दी जाती है..."

"तू आजकल बलि का इतिहास पढ़ रहा है न, इसीलिए ऐसा सपना आया है।" मैंने कहा।

गौतम ने भी सिर हिलाकर 'हां' कहा, पर साथ ही कहा, "जब मैंने आग के पास खड़ी उस लड़की की तरफ देखा तो मेरी चीख निकल गई—वह उर्मि थी। उर्मि पत्थर की देवी भी थी, और उर्मि उसके आगे दी जाने वाली बलि भी थी..."

गौतम बड़ी देर तक चुप रहा जैसे वह इस कमरे में से चलता हुआ फिर रात वाले मन्दिर में चला गया हो...

"मेरी अपनी चीख से मेरी नींद खुल गई थी..." फिर गौतम ने बताया, "मैं कितनी देर तक उठकर बाहर बरामदे में खड़ा रहा, मंदिर वाले सपने को सोचता रहा। फिर जब सोने की कोशिश करूं तो आंखों के आगे वही मन्दिर आ जाए। नींद नहीं आ रही थी। फिर पता नहीं किस वक्त नींद आ गई। अभी—सवेरे ही फिर एक सपना पाया कि उर्मि एक दरिया के किनारे खड़ी हुई थी, मैं भी उसके पास था। वह दरिया में से चुल्लू में पानी भर-भरकर पैर धो रही थी, और हंस रही थी। तुझे याद है। वह कभी-कभी मौज में गाया करती थी—'प्रीत तो मेरी सोने का गढ़वा, प्रीत तो मेरी गंगाजल पानी...'"

मुझे याद है—कभी-कभी उर्मि को जब पहले ब्याह का ख्याल आ जाता था, वह कुम्हला-सी जाती थी। पर फिर हुलसकर गाने लगती थी—'प्रीत तो मेरी सोने का गड़वा...'

गौतम कहने लगा, "वही उसकी हंसी, वही उसकी आवाज़... कि अचानक कोई पीछे से आया। उसने उर्मि को दरिया में धक्का दे दिया। पता नहीं, कौन था। आधा मनुष्य, आधा बैल-सा। मैंने उर्मि को पकड़ने के लिए, उसके पीछे दरिया में छलांग मार दी..."

मुझे याद आया—मैंने जब गौतम को जगाया था, उसने पहली बात कही थी, 'मैं यहां किनारे पर किस तरह आ गया?' उस वक्त शायद उसे यही सपना आ रहा था...

"कहा करता था न कि तुझे समुद्र को मथकर ढूंढ़ लूंगा..." गौतम ने निराश होकर कहा, "शायद यही ख्याल मन में था, सपने में उसे दरिया में ढूंढ़ता रहा—तूने जब मुझे जगाया था, मुझे कितनी देर तक गले के कपड़े इस तरह गीले लगते रहे जैसे दरिया का पानी अभी भी..." और गौतम की आंखें भर आईं—यह आंखों में आने वाला पानी—शायद उसी नदी का पानी है ज़िसमें उर्मि की लाश तैर रही है...

## अन्तिका

आग, हवा, सूर्य, शरीर, आत्मा—ये सब अर्थ 'क' के हैं और इनसे वंचित हो जाना, इनसे रहित हो जाना 'अक' (अर्थात् आक) है।

मैं और गौतम इस आक को चबाते आक के पत्तों की तरह हो गए हैं—सच सरीखे कड़ुए-

आक का पौधा बोने के लिए धरती तो मिली नहीं, हमने छाती में ही इसे बो लिया...

•

# भाभी मोरनी

'अरी निगोड़ी, अब यह पूनियां कैसे कातेगी?' उसने अपने रुई सरीखे सफेद बालों को जब रीठों से धोया, तो पूनी जितने छोटे-छोटे बालों को निचोड़ती हुई वह दलीलों में पड़ गई।

वह जैसे दलीलों के धागे अटेरन पर अटेर रही थी—'रिज़क का कल कौन मोड़े...चिड़िया के चेचले जब उड़ने लायक हुए तो पता नहीं किस पेड़ पर जा बैठे...'

उसने सचमुच तीनों लड़कों के लिए छाती में घोंसला बनाया था। उनके सौ काम होते थे, खटिया पर कमर सीधी करने की भी फुर्सत नहीं मिलती थी, पर तब भी वह कभी नहीं थकी थी। और अब बड़का ब्याहा बराए नौकरी पर, और छोटके दोनों शहरों में पढ़ने चले गए थे, तो खाली बैठी जिन्दो को लगता कि उसके जोड़-जोड़ में अकड़ाव आ गया है।

'काली रुई तो निबट गई अब सफेद कैसे कातूंगी?' उसे जो ख्याल जवानी में भी नहीं आए थे—अब बुढ़ापे में घुटनों की पीर के समान उठ खड़े हुए...और उसे अपने स्याह-काले बालों का ध्यान आया, जो सचमुच मोरों की पैल की तरह उसकी पीठ पर पड़े रहते थे...

'रे साऊ! तूने किस घड़ी मेरा नाम मोरनी रख छोड़ा था... मोरनियों के नसीबों में पैलें कहां...मोरनियां तो पैरों को देख-देखकर झुरा करती हैं...' और उसकी नज़र अपने पैरों पर से फिलसकर—पैरों की बिवाइयों में गिर पड़ी।

'साऊ', उसके रिश्ते का देवर था। अभी निरा छोकरा था जब उसने सफेद सिरहाने पर हरे काशनी धागों से मोर काढ़ती हुई भाभी को देखा था, और उसे भाभी मोरनी कहकर पुकारा था। थुड़े[1] घर से आई और थुड़े घर ब्याही ज़िन्दो के हाथ में पकड़ी हुई सूई साऊ की आवाज़ सुनकर धागों की ऐसी पैल डालने लगी, वह सिरहाना खत्म करके जब छब्बीस की मलमल का दुपट्टा काढ़ने लगी, तो उसपर तरह-तरह के फूल बनाने की जगह—मोर काढ़ने लगी। उसके इसी सिर के पल्लू के कारण सारे गांव में उसका नाम भाभी मोरनी पड़ गया था।

देखते-देखते साऊ का ब्याह हुआ, उसके घर ऊपर-तले के तीन बेटे जन्मे, और भाभी मोरनी उनको चूम-चूम, चाट-चाट खिलाती रही। उसकी अपनी जून निष्फल जा रही थी, गांव की कोई बड़ी-बूढ़ी दुखियाती, तो वह साऊ के बेटों को घुटनों पर बिठाकर दही-शक्कर खिलाती हुई हंसकर कहती—'ना बेबे, कोई दुख नहीं। औरत को यही दुख होता है न कि बुढ़ापे में जब घुटनों में पानी पड़ जाएगा, तब ...अरी तब त्रिफला ही खाना होता है न...' और वह साऊ के बेटों के मुंह चूमती हुई कहती—'यह देख, मेरे हरड़-बहेड़े-आंवले, ज़रा-सी मोह की फक्की भी न देंगे?'

'अरी, उसके यहां देर होती है, अंधेर नहीं।' दूसरी दिल रखने को कह दिया करती थी। पर जब भाभी मोरनी के आंगन में पैलें डालने

---

1. तंग हाथ वाले

वाला उसका घरवाला मर गया, तो जिसके घर सुना था—अंधेर नहीं होता, उसके घर भी अंधेर मच गया।

'मोरनी तो पैरों को देख-देखकर झूरती है, पर जब औरत को झूरना पड़ता है, वह माथे के लेखे को देख-देख झूरती है...' वह जब अब कुछ सहने योग्य हुई थी तो उठती-बैठती के मुंह से यही निकलता।

'गम जब उतरता है, तो औरत की छाती में उतरता है, और मर्द के हाथों में। साऊ हाड़ फोड़कर अपने खेतों को भी गोड़ता-बीजता, और भाभी मोरनी के खेतों को भी। जो कमी खुदा ने कर दी थी, उसे वह इन्सान की जात भर नहीं सकता था, पर और कोई कमी उसने भाभी मोरनी को न आने दी थी।

'बच्चों के हीले चूल्हे में आग तो जलाएगी, नहीं तो बासी-तिवासी खाकर पड़ रहेगी,' साऊ मन में सोचता, और बच्चों को किसी न किसी बहाने उसके घर भेज देता था। वैसे भी एक दीवार का उलांघन ही था—बच्चे कई बार दीवार के इस पार सोते और उस पार जागते। सोते हुओं को उनकी मां उठाकर ले जाती या भाभी मोरनी कन्धे से लगाकर छोड़ आती।

और फिर अचानक साऊ की औरत, अपने नैहर अपने बाप के मरने पर गई, जैसे अपने के मरने पर गई हो, एक ही रात में उसके कलेजे में पीर उठी किसी हौल सरीखी, जिसने दूसरा दिन भी न देखने दिया।

'उसकी चिता उसे बुलाती थी,' कहते हैं बिलखते उसके नैहरिये-ससुरालिये उसे रो बैठे, तो साऊ को अगली फिकर लगी—उसके बच्चों का क्या बनेगा? उसने भाभी मोरनी का दर खटखटाया—'यह तेरे हरड़-बहेड़े रुल जाएंगे, इन्हें संभाल ले।'

उस वक्त भाभी मोरनी ने अंसुआई आंखों से बच्चों को तो कलेजे

से लगा लिया था, पर कहा था—'साऊ, तेरे बहुत एहसान हैं मुझपर, मेरा रोम-रोम बिंधा पड़ा है तेरे एहसानों से, पर जग का मुंह कौन थामेगा?'—और फिर साऊ का मुंह ऐसे रिसिया गया था जैसे आग में तपी ईंट पर किसीने पानी का छींटा मार दिया हो। जग आंखों की ओट था, साऊ आंखों के सम्मुख, भाभी मोरनी अपने पैरों की तरफ देखती और झूरती कहने लगी—'अच्छा रे देवरा! मेरी पत तेरे हाथ है, मैं तेरे बेटों की सेवा से मुन्किर नहीं होती।'

फिर जो दीवार का उलांघन था, वह तो वैसे ही रहा, पर दो घर, समेत दीवारों के, जैसे एक हो गए थे। भाभी मोरनी ने बच्चों को मां का हौका न लगने दिया।—गर्मी हो चाहे सर्दी, उसकी भूख-प्यास भी, बच्चों की भूख-प्यास में मिल गई थी। (वैसे कोई डेढ़ बरस पीछे जो दीवार दोनों घरों को बांटती थी, उसके मेंहों से लेबड़े उतर गए, तो उसने दोबारा उसे लीपने-पोतने का ज़तन नहीं किया था। फिर एक जगह खोखल-सा हुआ, तो बच्चों ने उसमें से लांघ-लांघकर धीरे-धीरे उसको नीचे ज़मीन से लगा दिया। और जैसे वह दीवार, जैसे खुद ही अपनी आंखों में हकीर होकर ढेला-ढेला गिर गई।)

धीरे-धीरे लड़के उसके कन्धों से ऊंचे हो गए, और फिर धीरे-धीरे यह हो गया कि भाभी मोरनी खुद मुश्किल से लड़कों के कन्धों तक पहुंचती। साऊ ने जोग तो किसीसे नहीं लिया था, पर गांव वाले कहते थे—कि वह पिछले जन्म का जोगी ज़रूर था। उसकी करनी सच्चे साधुनों जैसी थी।

'अरी निगोड़ी। अब यह पूनियां कैसे कातेगी?' जो सोचें भाभी मोरनी को बीस बरस नहीं आई थीं, पता नहीं उसके पास फुर्सत नहीं थी इन सोचों के लिए, अब तीनों लड़के जब शहर चले गए, तो उसे उठते-बैठते ये सोचें आने लगीं।

छाती उस नीड़-सरीखी हो गई थी जिसमें से पखेरू उड़ गए हों।

छाती के खोहड़ की ओर देखती वह दलीली में पड़ी हुई थी कि बाहरला दरवाज़ा खटका।

'शायद शहर से बड़का आया हो...' उठकर, बाहरले दरवाज़े तक पहुंची। उसने कितनी ही सोचें मथ डालीं—'हठीले, बहुतेरा कहा था कि बेटों की तरह माथे पर सेहरा बांधकर ब्याह कर, और डोला घर लेकर आ...वहां पता नहीं क्या किया, क्या न किया, बस खत लिख छोड़ा कि ब्याह हो गया है...

'ऐसे ही रात-भर के लिए लाया था—ईसाइन-सी लगती थी... वह भी चलो उसकी मरज़ी...फिर बहुतेरा कहा कि वह पूरे दिनों पर होगी तो घर छोड़ जाना। वहां शहरों में कौन रखाई कर सके है। वही बात हुई—कच्चे हाड़ों उसने पता नहीं क्या खाया और क्या पिया कि लड़का छोड़कर जापे में ही मर गई...और वह आज मरी, कल दूसरा दिन...बिगड़ैल से दो महीने भी सब्र न हुआ...तीजे मास ही और ब्याह करने को फिर रहा है...'

पर कुंडा खोला तो शहर से आया बड़का नहीं था, साऊ ही दिन छिपे घर लौट आया था।

"तेरा जी तो राज़ी है ना साऊ!" भाभी मोरनी सहम-सी गई।

"वैसे तो राज़ी है, यूं ही एक सलाह लेनी थी तुझसे..." अन्दर आते हुए साऊ ने कहा, तो भाभी मोरनी ने, उसकी खटिया की पाटी पर बैठते हुए पूछा—"क्या भला? बड़के का कोई खत आया है?"

"पुराने समय में परियों की जान तोतों में हुआ करती थी—तेरी भी आधी जान बड़के में, और बाकी आधी जान छुटकों में पड़ी है..."

साऊ सोचों में डूबा-सा भी लग रहा था और रौ में भी।

"काहे को! उनके लिए तो मैं जीते-जी मर गई—निगोड़े कभी झलक दिखाने भी नहीं आते..." भाभी मोरनी ने जैसे उलाहना-सा दिया।

"तू खुश नहीं कि जैसे-तैसे उनसे निबटी है—उनके पीछे तूने अपना आपा गला लिया।"

"और अब खाली बैठी मैंने अपना अचार डालना है?"

"अच्छा फिर खाली न बैठ! बड़के का खत आया है कि उसने मौर ब्याह करना है, पर उसकी नवोढ़ा उसके बच्चे को रखने में राज़ी नहीं..."

"हाय, मैं मर जाऊं—कोई बेटों से भी मुंह फेरता है..."

"और वह लिखता है कि अगर तुम कहो तो मैं बच्चे को तुम्हारे पास छोड़ जाऊं..."

भाभी मोरनी का मन कुछ भर आया। कहने लगी, "साऊ! तेरी कोई उम्र थी, जब तेरी औरत मरी थी, पर तूने न सोचा कि घर को फिर बसता कर लूं। अब देख लड़के से चार दिन नहीं काटे गए..."

"मेरी बात और थी भाभी," साऊ ने अनायास ही एक हौका-सा भरा।

"क्यों, तेरी बात कैसे और थी? तू तो अपने बेटों से भी सात गुना सवाया था..."

साऊ अपने में खोया सामने दीवार की ओर देखता रहा।...

"हैं रे..." भाभी मोरनी के सफेद बादलों सरीखे बालों में से जैसे बिजली कौंध गई।

"और ऐसे ही तो नहीं जवानी जर ली..." साऊ के मुंह पर एक उजियाला-सा फिर गया।

"जो बीत गई, अच्छी बीत गई, अब बुढ़ापे में..." वह हड़बड़ाई-सी बोली।

"और मैं कब कहता हूं, अच्छी नहीं कटी—तूने एक बोल मारा था—देवरा! मेरी पत तेरे हाथ है—मैंने अपना बचन निभा दिया..." साऊ की छाती आज पता नहीं बादल की तरह फट पड़ी थी।

भाभी मोरनी कितनी देर तक धरती की तरफ देखती रही, फिर धरती की तरह अडोल हो गई—"अच्छा साऊ! जो बात सारी उम्र नहीं सोची, अब काहे को सोचनी है..."

साऊ कितनी देर तक तालू से अपनी जीभ मलता रहा, फिर कहने लगा, "अच्छा, बता फिर लड़के का क्या करें?"

भाभी मोरनी बोली—"लड़के का क्या करना है, घर ले आओ, वह यहां खटोले पर पड़ा होगा तो घर फिर बसता लगेगा..."

साऊ ने उठकर कार्ड पर दो अक्षर लिखे, और खाली-सा होकर रोज़ की तरह अपने कोने में बैठकर दारू का घूंट पीने लग पड़ा।

भाभी मोरनी ने रोज़ की तरह चूल्हे पर दाल रखी। और फिर फारिग-सी होकर खड़ी-खड़ी को पता नहीं क्या हुआ, छाती में एक लपट-सी उठी, और उसने मिट्टी की अंगीठी में चार छिपटियां डालीं और तेल की कड़ाही चढ़ाई, और फिर प्याज़ के छोटे-छोटे पकौड़े तलके दारू पीते हुए साऊ के पास रख आई...

पांचवें दिन बड़का शहर से आया और रात की रात रहकर वह चार महीने के बलूंगड़े-से को भाभी मोरनी की झोली में डालकर चला गया, तो भाभी मोरनी ने सफेद जीरे की फक्की मारकर बच्चे को छाती से लगा लिया।

गांव की यह दन्तकथा अब भी सुनाई में आती है कि साऊ का वह पोता पूरा एक बरस भाभी मोरनी का दूध चूंघता रहा।

# आज

फ्लाइट लेफ्टिनेंट अनवरहुसैन के सामने एक सैंड-मॉडल पड़ा था, ढाका यूनीवर्सिटी का सैंड-मॉडल...

यूनीवर्सिटी के होस्टल विंग में एक कमरे की खिड़की खुली, नज़मा ने खिड़की से बाहर देखा...

अनवर चौंक गया—सामने उसका विंग कमांडर फिरोज़खान खड़ा था, और उसे एक मिशन सौंप रहा था, "यह ढाका यूनीवर्सिटी का सैंड-मॉडल है..."

अनवर ने सैंड-मॉडल की तरफ देखा—सैंड-मॉडल में न तो कमरों के नम्बर होते हैं, न कमरों की खिड़कियां—पर वहां कहीं, पता नहीं कौन-सा, नज़मा का एक कमरा था...

विंग कमांडर फिरोज़खान कह रहा था, "ठीक साढ़े सात बजे ढाका यूनीवर्सिटी के स्टूडेंट्स की मीटिंग होगी, यह मीटिंग तेरा टारगैट है..."

"येस सर!" अनवर का स्वर उसकी आदत के अनुसार था।

"एअर क्राफ्ट इज़ लोडिड विद राकेट्स एण्ड आल द गन्ज़..."[1]

---

1. हवाई जहाज़ में राकेट और गनें रख दी गई हैं।

"........."

"जहाज़ तीस हज़ार फुट की ऊंचाई पर रखना, टु सेव यूअर फिउल..."[1]

"येस सर!"

"टारगैट से कुछ दूर पहुंचकर—ट्री टाप लैवल..."[2]

"........."

"इस लैवल से मजमे में हवाई जहाज़ की आवाज़ नहीं पहुंचेगी।"

"येस सर!"

"टारगैट से बीस सैकिंड पहले—पुल अप! चार हज़ार फुट की ऊंचाई पर। पुट द एअर क्राफ्ट इन डाइव एण्ड फायर यूअर गन्ज़, ओवर द मीटिंग प्लेस।[3] अगर ज़रूरत पड़े तो दूसरी-तीसरी बार भी पर फिनिश यूअर राउंड्ज़।[4] इतने में जो लोग बचे-होंगे इन इमारतों की तरफ दौड़ेंगे।" विंग कमांडर ने सैंड-मॉडल की तरफ इशारा किया, और कहा, "नाऊ सिलैक्ट यूअर राकेट्स एण्ड अटैक दीज़ बिल्डिंग्स।"[5]

"येस सर!"

"एअर क्राफ्ट इज़ लोडिड एण्ड फिउल्ड, प्लैन यूअर मिशन..."[6] और विंग कमांडर ने "आल द बैस्ट"[7] कहते हुए यह भी कहा, "आई वांट मैक्सीमम रिज़ल्ट्स।"[8] अनवर ने सिर नीचा कर लिया। पास ही ग्रुप कैप्टन अहमदखान खड़ा था। उसे लगा जैसे अनवर के मुंह पर एक ज़र्दी फिर गई थी। वह अनवर के पास होकर हंस-सा दिया, "वैरी

---

1. ईंधन बचाने के लिए 2. पेड़ जितनी ऊंचाई 3. हवाई जहाज को सहसा नीचे ले जाना और सभा स्थल पर बमबारी कर देना। 4. अपने राउंड खत्म करना। 5. अपने राकेट चुन लो और उन इमारतों पर हमला कर दो। 6. जहाज़ में हथियार और ईंधन रख दिए गए हैं, अपने लक्ष्य पर दृष्टि रखो। 7. विजयी होओ 8. मैं अधिकतम सफलता चाहता हूं।

सिंपल मिशन, नो एनीमी आपोज़ीशन, नो गन्ज, नो मिसाइल्ज़, नो इंटरसेप्टर्ज़..."[1]

एक दिन नज़मा ने भी कहा था, 'तुम मेरा बंगाल नहीं देखोगे! तुमने जैसोर के सिवा कुछ भी नहीं देखा। कभी छुट्टियां लेकर ढाका आना, मेरी यूनीवर्सिटी बहुत खूबसूरत है...

और आज वह ढाका यूनीवर्सिटी जा रहा था...ब्रीफिंग खत्म हो रही थी, विंग कमांडर ने ताकीद की, "अटैक फ्राम ऐनी साइड, एबायड ईस्टर्न डायरैक्शन।"[2]

ज़ाहिर था—विंग कमांडर की सूझ बारीक थी। सुबह का सूरज अगर सामने की तरफ से आंखों पर पड़ेगा तो उसकी चमक से आंखें चुंधिया जाएंगी...इसलिए मशरिक की तरफ मुंह करके अटैक नहीं करना था...

अनवर की छाती दहल गई—सूरज सिर्फ एक तरफ से उगता है—पर नज़मा—मशरिक, मगरिब, शमाल, जनूब—चारों तरफ से क्यों उदित हो रही है...चारों तरफ से आंखों के आगे एक चकाचौंध...अनवर ने आज के मिशन के लिए हवाई जहाज़ की सीट संभाली, और अपने गिर्द स्ट्रैप्स कसते हुए एक आह सरीखी सांस ली, 'नज़मा! तुमने किस वक्त मुझे कहा था—ढाका यूनीवर्सिटी आना, बोलो आओगे न!—और मैंने कहा था—अच्छा, ज़रूर आऊंगा। —पर मैंने अल्ला की कसम, ऐसे नहीं कहा था...'

उसने इंजन स्टार्ट किया—जैनरेटर की बत्ती अभी भी लाल सुर्ख थी, जिसका मतलब था जैनरेटर चार्ज़ नहीं कर रहा। अनवर को

---

1. सीधा-सादा लक्ष्य, न दुश्मन का मुकाबला, न शत्रु की गनें, न मिसाइल, न कोई और अवरोधक 2. किसी भी तरफ से हमला करो, पूर्व दिशा से नहीं।

तसकीन-सी हुई—जहाज़ खराब था, इसलिए आज के मिशन से उसे छुटकारा मिल जाएगा...

राहत-भरी सांस मुश्किल से दो पल आई, इलैक्ट्रीशन ने फिऊज़ बदल दिया, जैनरेटर ठीक हो गया। अनवर ने टैक्सी आउट किया, जहाज़ को रनवे की ओर ले गया। टेक आफ से पहले सारे चैक्स किए, फिर उसने जहाज़ को रनवे पर लाइन अप कर लिया।

छाती में से एक हूक निकली, "या खुदाया, इसका इंजन फेल हो जाए।"...और जहाज़ को रोल करते हुए उसने पांचों पीरों को मनाया। पर जहाज़ स्पीड पकड़ रहा था। टेक आफ स्पीड पर उसने कंट्रोल स्टिक को पीछे खींचा, जहाज़ ऊपर की ओर हो रहा था...

अनवर के सारे अंग जैसे एक दूसरे से ज़ुदा हो गए। दिल-दिमाग एक तरफ होकर बैठ गए, और हाथ अपनी आदत के अनुसार जहां-जहां भी पड़ने थे, पड़ते रहे। मुंह से आवाज़ भी उसी तरह निकलती रही जिस तरह ऐसे वक्त हमेशा निकलती थी—ब्रेक्स...वील्ज़ अप... सेफ्टी स्पीड...थ्राटल बैक...दिल भी जहाज़ की तरह, फासले को चीर रहा था-पर जहाज़ आने वाली घड़ी के फासले को, और दिल बीती हुई घड़ी के फासले को...

पिछले बरस उसकी पोस्टिग जब जैसोर हुई थी, दिसम्बर में उसके ग्रुप कैप्टन के दोस्त कमिश्नर नज़रुलदीन के बच्चे एअर फोर्स स्टेशन देखने के लिए आए थे। और ग्रुप कैप्टन ने कहा था—हममें से फ्लाइट लैफ्टिनेंट अनवरहुसैन को बंगाली आती है, वह बहुत अच्छी तरह सब कुछ दिखाएगा...और उसने नज़रुलदीन के छोटे बच्चों को और छुट्टियों में आई हुई उसकी सबसे बड़ी बेटी नज़मा को—एअर क्राफ्ट्स दिखाते हुए पता नहीं, किस होनी का मुंह देख लिया था...

जहाज़ तीस हज़ार फुट की ऊंचाई पर उड़ रहा था, और अनवर की विचारधारा धरती से कई हज़ार फुट नीचे पाताल में उतरी हुई थी...

शायद वहां, जहां कभी आदम और हव्वा छोटी—छोटी मछलियां बनकर तैरा करते थे...

उस दिन उसने नज़मा को जैट का प्रिंसीपल समझाया थान्यूटन का थर्ड लॉ ऑफ मोशन। हवाई जहाज़ में फिऊल जलता है, गैसें जैट एग्ज़ास्ट में से पिछली तरफ जाती हैं, और वही जहाज़ को आगे धकेलती हैं...न्यूटन का थर्ड लॉ ऑफ मोशन...

नज़मा की स्याह-काली आंखों में पता नहीं क्या था, अनवर को लगा था, अगर वह एक बार इन आंखों में डूब गया तो फिर इन पलकों में से वह कभी बाहर न आ सकेगा। फिर कितने दिन... कितने दिन...वह जब भी अपने पैर पीछे खींचता था, वह एक कदम जैसे और आगे हो जाता था...यह पता नहीं न्यूटन का फोर्थ लॉ ऑफ मोशन था...

न्यूटन ने सिर्फ तीन लॉ बनाए थे...यह चौथा...और अनवर को घबराकर याद आया कि अभी उसने कण्ट्रोल टावर को मैसेज देना है। मैसेज दिया, "जैसोर टावर...पीस टाइम...रिपोर्टिंग आपरेशन नार्मल..."

और अनवर को लगा—जैसे उसने आज सबसे बड़ा झूठ बोला हो। नार्मल...कुछ भी तो नहीं...उसकी नाड़ियों में आग की लकीरें फैल रही हैं, और वह कह रहा है—सब नार्मल...

नज़मा ने उसे दूसरे दिन, छोटे भाई की सालगिरह पर दावत दी थी। वैसे भी इन दिनों में बंगाली बहुत खुश थे। इलैक्शनों में जीते हुए थे...नज़मा ने कमल के फूलों का गीत गाया था...

और उससे अगली मुलाकात जैसे उसने हठात् नज़मा से मांग ली हो—पर वह मुलाकात सुखद नहीं थी—हवा में शिद्दत की गंध थी—और नज़मा तमाम वक्त उसे हुकूमत का एक अंग समझकर शिकवे करती रही थी...अपनी तहज़ीब के मान में मदमस्त... पर

दिल फरेव...

नज़मा के लम्बे स्याह बालों की तरह आसमान में बादल घिर आए थे, अनवर के ख्याल भी—वह छुट्टियां गुज़ारकर जाने लगी... तो फोन करके उसने खुद अनवर को बुलाया था। खुश भी थी, खीझी हुई भी—कह उठती थी—अनवर, तुम्हारी पोस्टिंग उन्होंने तुम्हारे देश से इतनी दूर, मेरे देश में क्यों कर दी? मज़हब एक होने से क्या होता है, तुम बंगाल का दर्द कभी नहीं समझ सकते...

बंगाल का दर्द..."पंजाब के अनवर ने अपने होंठों को अपने दांतों से काटा-इन्सान का एक निजी दर्द भी तो होता है...ये सरकारें जब इन्सान को हुक्म देती हैं...

उसका जी चाहा कि हवाई जहाज़ वापस मोड़ ले—कह देगा, मौसम खराब था...पर यह एक पल का दिल को भुलावा था, अनवर को पता था—इसका मतलब कोर्ट मार्शल था...

ढाका यूनीवर्सिटी—ठीक साढ़े सात बजे स्टुडैंट्स का जलसा, उनमें नज़मा भी...और बंगाल का दर्द भी...

—मेरा मिशन...अनवर का माथा कांपा—नज़मा कहा करती थी—ज़िन्दगी में उसका एक मिशन है...और अनवर ने हड़बड़ाकर कहा—खुदाया! यह मिशन अलग-अलग कैसे हो जाते हैं! अनवर के बिखरे-बिखरे अंग—दिल की आग में पड़कर जैसे फिर जुड़ गए। उसने कंट्रोल टावर को कहा—इंजन का टैम्परेचर बढ़ रहा है। फिर कुछ सेकिंड बीत गए। वह मुस्कराया—और उसने अमरजैन्सी कॉल की—मे डे मे डे मे डे...कॉलसाइन तीन बार ट्रांसमिट किया—पीस टाइम पीस...टाइम...पीस टाइम ...

अनवर को हंसी-सी आ गई।—मशीनगनों से एक यूनीवर्सिटी को तबाह करने जा रहे जहाज़ का कॉलसाइन—'पीस टाइम', इससे गलीज़ मज़ाक और क्या हो सकता है...और उसने ट्रांसमिट किया—

इंजन ऑन फायर...सिक्स फाइव माइल्स फ्राम ढाका।...ऑन रेडियल थ्री टु टु...बेलिंग आउट...

वह ढाका से तीस मील की दूरी पर था, पर उसने सिक्स फाइव कहके गलत पोज़ीशन बताई कि सर्च पार्टी जल्द न ढूंढ़ सके। फिर उसने एअर क्राफ्ट को ट्रिम किया, कैनोपी को जैटीसन किया, सीट को इंजैक्ट किया, और एक धमाके से सीट सहित ऊपर को फेंका गया। जहाज़ उसके नीचे से निकल गया। कुछ सैकिंड बाद सीट अलग होकर गिर गई, और वह तेज़ी से नीचे की ओर आने लगा। पन्द्रह हज़ार फुट की ऊंचाई रह गई तो उसकी पैराशूट खुल गई। गिरने की स्पीड एकदम धीमी हो गई।

उसने देखा—एअर क्राफ्ट कुछ दूर सीधा गया, फिर दाईं ओर झुका, फिर उसकी नोज़ नीचे की ओर हुई, और फिर वह तेज़ी से गोल चक्कर काटता हुआ ज़मीन पर गिरने लगा। अनवर सोच रहा था—उसके ज़मीन पर गिरते ही आग की लपटें निकलेंगी... और पेड़ों के एक झुंड के पास नर्म जगह अनवर के जब पैर लगे, उसने कोई तोन मील की दूरी पर आग की लपटें देखीं...

अनवर ने पास के पुलिस स्टेशन या मिलिट्री एस्टैब्लिशमैंट पर जाकर इन्फार्म करना था, वापस जाना था, पर यह बाद की बात थी—कल की बात। उसने 'आज' बचा लिया था...अपना आज भी, और नज़मा का आज भी।

# एक खाली जगह

मोहरसिंह जब अचानक घोड़ी पर से गिरकर मर गया, तो आसपास के गांव में जितने दोस्त थे, उनके घर बलते घी के दीये कांप गए। हरनाम कौर, उसकी ब्याहता, नामो "वे सरदारा! मेरिया थानेदारा..." कारण करती-करती जब थक गई तो नसवार की एक चुटकी लेकर पिछली कोठरी में जा पड़ी।

केहरा, उसका बड़ा बेटा, जब क्रिया पर बैठा, उसकी आंखों के पपोटे सूज रहे थे। लोगों के लिए वह सारी रात रोता रहा था, पर यह सिर्फ उसे पता था कि वह मृतक पिता के सिरहाने से जब पिस्तौल और सलाजीत की डिबिया उठाकर पिछली एक कोठरी में गया था तो सारी रात फावड़े से कोठरी के एक कोने में गड्ढा खोदकर बाप के सारे गंडासे, छुरे और गोलियां-पिस्तौल छिपाता रहा था। जानता था कि पुलिस कभी इस घर की राह नहीं करती थी, पर यह भी समझता था कि पुलिस को जिस मुंह का मुलाहज़ा था, वह मुंह न रहा तो पुलिस का लिहाज़ भी नहीं रहना था।

मलकी ने इस आंगन में कभी पांव नहीं रखा। उसके लिए मोहरसिंह ने नया कोठा छतवा दिया था, पर आखिर उसकी

सरदारी भी मोहरसिंह के लिए सदका थी, मरे हुए सरदार का मुंह देखने के लिए खोई हुई बछड़ी की तरह उसके आंगन में आ गई। फौजा, मोहरसिंह के यारों में नम्बर एक था। मोहरसिंह खुद भी उसे 'दरजा अव्वल' कहा करता था। मोहरसिंह का संस्कार हो गया, और जब लोग घरों को लौटे, मलकी भी खामोशी से उठकर अपने घर को चली, तो फौजा उसके पीछे-पीछे हो चला। वह घर का कुंडा खोलने लगी तो फौजे ने पास होकर कहा, "मलकीअत कौरे! दिल न थोड़ा करना, बस, यही कहने के लिए तेरे पीछे आया हूं।"

मलकी एक बार ठिठक-सी गई। एक मोहरसिंह था, जो उसे 'मलकीअत कौर' कहा करता था। उसके यारों-दोस्तों में से किसीकी मजाल नहीं होती कि जो उसकी परछाईं भी छू सके। कभी वास्ता पड़ता तो हर कोई उसे भाभी कहता था, पर कभी उसका नाम नहीं लेता था। आज फौजे ने मोहरसिंह के मरते ही उसका नाम लेकर बुलाया तो वह एक पल चौंकी, फिर संभल गई। कहने लगी, "अब उम्र ढल गई देवर! मुझे काहे का फिक्र है। वह खुद सयाना था, जीते-जी यह कुआं और खेत मेरे नाम करवा गया, मुझे सारी उम्र के लिए काफी हैं। अकेली जान का क्या होना है।"

"फिर भी मैंने कहा, कभी भाभी, तू डोल जाए...बस यही कहने आया था।" फौजासिंह ने शायद सचमुच और कुछ नहीं कहना था, यही कहकर पीछे लौट गया।

मलकी ने अन्दर से दरवाज़े का कुंडा लगा लिया, दीया जलाया और फिर निहत्थी-सी होकर खटिया पर बैठती को रोना आ गया।

'अकेली जान का क्या होता है,' मलकी की अपनी आवाज़ ही उसके कानों में खड़ी हो गई, और जो रोना उसे सवेरे मोहरसिंह की लाश देखकर नहीं आया था, वह अकेली बैठी को आ गया, 'सरदारा!

तेरे जीते-जी भी तो अकेली थी, एक जगह ऐसी अकेली थी, तुझे भी नहीं दिखता था...'

मलकी ने गहरी सांस ली और सोचने लगी—मोहरसिंह जब सात नियामतें लिए उसके पास बैठा होता था, तब भी मेरे सामने ऐसी ही खाली जगह होती थी, जो कभी भरती नहीं थी इस खाली जगह पर वह आप ही कभी एक बच्चे को गोदी में डालकर बैठ जाती थी...बच्चे को दूध पिलाती थी...कन्धे पर लगाकर उस रोते हुए को बहलाती थी...और फिर सोए हुए बच्चे का मुंह चूम-चूमकर बावरी हो जाती थी...

जब वह बरस गिनती तो वही गोदी का बच्चा उसकी आंखों के आगे बड़ा हो जाता...वह नया ढीला कुर्ता सिलाती...और आटे की परात भरकर गूंथती...

बरसों की गिनती भूल जाती तो बच्चा छोटा हो जाता, बरसों की गिनती याद करती तो बच्चा बड़ा हो जाता...और वह अपने सामने पड़ी खाली जगह को आंखें मूंद-मूंदकर भरती रहती...

एक दिन सो रही थी, तो उसने सपने में अपने बेटे की सुन्नतें करवाईं। जागी तो मोहरसिंह की आवाज़ कान में पड़ी, 'मलकीअत कौरे! उठ चाय का घूंट बना, मैंने जल्दी जाना है...'

'मलकीअत कौर'...रोती हुई मलकी को हंसी-सी आ गई, बैठी-बैठी कहने लगी, 'मलकीअत कौर तो तेरे साथ ही मर गई सरदारा! अब बता इस मलकी का क्या करूं?'

'सरदार जब जीता था, कभी रौ में होता था, तो उसे कहती थी—बेलिया सरदारा! यह तूने मेरे साथ क्या किया? मुझे बसी-बसाई को उजाड़ना था तो दो बरस पहले उजाड़ लेता, तब क्यों उजाड़ा, जब बरस का बेटा झोली में डालकर बैठी थी...'

और 'बेली सरदार' कहा करता था, 'संयोगों की बात होती है

मलकीअत कौरे! मैंने सैकड़ों औरतें तेरी जैसी, और तुझसे भी सवाई, उठाईं और बेचीं, पर धर्म की सौगन्ध, दिल किसीपर नहीं आया था। तेरा सौदा तो किसी और के लिए किया था, पर ज्यों ही आंख उठाकर तुझे देखा, मेरे जी को जंजाल पड़ गया...'

और मलकी जी ही जी में कांप जाती, 'यह सरदार, जो मुझे बन्दूकों के ज़ोर से उठा लाया, जो औरों की तरह मुझे भी कहीं आगे बेच देता, मेरा पता नहीं क्या हाल होता...यहां मुझे गर्म हवा नहीं लगने देता...मुंह से एक बात निकालूं तो छत्तीस निआमतें हाज़िर करता है... मैं शिकलीगरों की फकीरनी-सी औरत...यह मुझे राज करवाता है।' और फिर मलकी की सारी दलीलें डूब जातीं, जिस्म पर पड़े सोने के गहने भी कच्चे रंग की तरह खुर जाते, और वह मन के गहरे दरिया में पड़ी हुई उस किनारे को ढूंढ़ती जिस किनारे पर उसकी कोख में जन्मा उसका बेटा था...

बेली सरदार ने एक बार उसके लिए कोशिश की। पर कुछ नहीं बना। शिकलीगरों को जब मलकी का पता लगा था, वह सरदार के गांव आए थे, और सरदार ने उनके साथ एक सौदा करना चाहा था कि अगर वह मलकी का बेटा उसे दे दें तो वह पूरे पांच हज़ार उनकी झोली में डाल देगा। पर शिकलीगरों ने सरदार को बदले की धमकी दी थी, और सौदा थूक दिया था।

'सरदार मोहरसिंह से बदला?' सरदार ज़ोर-ज़ोर से हंसा था, और फिर हवा में उसकी पिस्तौल की गोलियां हंसी थीं...

और फिर पता लगा कि शिकलीगरों का वह टोला हदें-सरहदें लांघकर पाकिस्तान चला गया था...

'अठारह बरस हो गए...' मलकी ने उंगलियों पर बरस गिने, और फिर उनमें अपने बेटे की उम्र का वह बरस भी जोड़ा, जब उसने बेटे को आखिरी बार देखा था, और फिर उन्नीस बरस के बेटे

का मुंह याद करती सामने पड़ी हुई खाली जगह की तरफ देखने लगी...

मोहरसिंह का अभी मुश्किल से क्रिया-कर्म ही हुआ था जब लोगों ने सुना कि मलकी अपने कुएं-खेत छोड़कर पाकिस्तान चली गई थी...

# कजली

पठानकोट बीस मील पीछे छूट गया था, और आगे सड़क का दूसरा सिरा अभी पचास मील दूर था कि गाड़ी की फैनबैल्ट टूट गई। गाड़ी न एक कदम आगे हो सकती थी न पीछे। एक ही चारा था कि पठानकोट की तरफ जाती किसी लारी-कार में बैठकर इमरोज़ पठानकोट जाए, और वहां से नई फैनबैल्ट खरीदकर, फिर इस तरफ आती किसी लारी-कार में बैठकर आ जाए।

वैसे सुबह का वक्त था, सारा दिन सामने पड़ा था। सांझ के अंधियारे का खौफ अभी बड़ी दूर था। इसलिए दो घंटे या इससे ज़्यादा इन्तज़ार करना मुझे मुश्किल नहीं था। सड़क छोटी थी। गाड़ी को पहाड़ी दीवार की तरफ लगाकर, मैं खाई की ओर बैठ गई थी कि अगली या पिछली तरफ से आने वाली कारों-लारियों को यहां से संभलकर गाड़ी के पास से गुज़र जाने का इशारा दे सकूं।

एक लारी बिल्कुल नज़दीक आई, तो झटका-सा खाकर खड़ी हो गई। उसका पहिया पंक्चर हो गया था। लारी में कई सवारियां थीं। लारी का ड्राइवर और कंडक्टर पहिया बदलने लगे, तो सवारियां उतरकर सड़क पर खड़ी हो गईं। ड्राइवर किसी रौ में था, अपनी

सवारियों से कहने लगा, "यही मोड़ मुड़कर मरखनी की बावड़ी है। सब पानी-वानी पिओ, या झोंपड़ी वाले चाचा की दुकान से चाय पी लो—पहिया चढ़ाकर तुम्हें आवाज़ दे लूंगा।"

सवारियां उसके कहे पर अगले मोड़ की तरफ चल पड़ीं तो कंडक्टर ने लारी के पहियों के साथ बड़े-बड़े पत्थर रखते हुए ड्राइवर को चुटकी भरी। "बचना! तुझे चाहे और सब कुछ भूल जाए, पर मरखनी नहीं भूलेगी। न तुझे, न तेरी लारी को। देख ले, ससुरी वहीं पहुंचकर पंक्चर हुई है..."

सो लगा मरखनी कोई औरत थी। सींग मारने वाली गाय या भैंस को तो सुना हुआ था कि मरखनी कहते हैं, पर औरत...

ड्राइवर तमककर कह रहा था, "साले! नाम न ले मरखनी का, यह जैक नहीं लगेगा मुझसे..."

उसका कंडक्टर उसकी रगें पहचानता-सा लगा था, उसने फिर हुज्जत की, "अरे! जीती थी तो तुझे हमेशा सींग मारती थी, अब मरी हुई भी मारती है?"

पहिये के नट कसते हुए ड्राइवर ने हाथ में पकड़ा हुआ वीलपाना कंडक्टर के कान में फंसा दिया, और हंस पड़ा, "आ तो बच्चू, पहले तेरे नट कस लूं..." नया पहिया चढ़ गया, तो कंडक्टर दौड़कर सामने मोड़ के पास गया। बावड़ी शायद एक तरफ पास ही थी, उसकी आवाज़ सुनाई दी, "आओ भई, आओ, वहां कौन-सी मरखनी बैठी है जो तुम हिलते नहीं..." इधर ड्राइवर फिर अपनी सीट पर बैठकर हॉर्न दे रहा था, कंडक्टर और भी कुछ कह रहा था, पर वह हार्न की आवाज़ में डूब गया, सुनाई नहीं दिया।

सवारियां लौट आईं, लारी चली गई, तो मेरे पैर अनायास ही उस मोड़ की तरफ बढ़ गए, जिसके एक तरफ कोई बावड़ी थी। चाय गाड़ी में रखे थर्मस में थी, पानी की भी ज़रूरत नहीं थी। पर फिर भी बावड़ी

जैसे बुला रही थी...

देखा, पहाड़ी बावड़ियों सरीखी एक बावड़ी थी। एक तरफ ज़रा-सा ऊपर सलेटों की छत वाली दो लकड़ी की कोठरियां थीं। एक में आग जल रही थी, दहलीज़ के पास बैठा एक बूढ़ा आदमी अभी-अभी खाली हुए चाय के गिलास धो रहा था।

पास जाकर पूछा, "यही मरखनी की बावड़ी है?"

उसने गिलासों से सिर उठाकर मेरी तरफ देखा तो लगा—मेरे सबाल से वह गुस्सा हो गया था। मैंने फिर हलीमी से पूछा, "यहां अभी एक लारी खराब हुई थी, तो उसके ड्राइवर ने बताया था कि यहां मोड़ पर..."

"वह कुत्ते के बीज़ मरघट में भी पड़ी हुई को चैन नहीं लेने देते..."

बूढ़े के हाथ से कांच का गिलास छिटकते हुए बचा। देखा—चूल्हे के पास टीन के छोटे-छोटे डिब्बे पड़े हुए थे। एक रुपया दीवार के पास पड़े स्टूल पर रखकर कहा, "बाबा! चाय का गिलास और कुछ खाने को मिल जाएगा?"

उसने एक डिब्बा खोलकर कुछ बिस्कुट निकाले, और चाय का पानी चूल्हे पर चढ़ाकर कहने लगा, "बिटिया! यह कजली की बावड़ी है, सारा जग जानता है। इसका पानी तो अब दुश्मन भी आंखों से लगाते हैं...पर कुछ ऐसे भी होते हैं जिन्हें खुदा की मार होती है—इन्सान की जून में आकर भी इन्सान नहीं बनते..."

"कजली कौन थी बाबा?"

"कजली मेरी बेटी थी, बेटी जैसी...ये राह जाते जब बुरी नज़रों से देखते, तो फिर वह उनकी पसलियां न तोड़ती, तो क्या करती?—इसीलिए ये कुत्ते के बीज उसे मरखनी कहते थे।"

"कब मर गई?"

"थी तो जीने लायक, पर मर गई...मौत भी नहीं आई थी, पर मर गई..." और उसने कांच के गिलास उल्टे रखकर कहा, "अगर बिटिया तूने कहीं वह देखी होती..."

बाबा के मन में...लगा...खाई जैसी कोई हसरत थी। मुझ राही को वह कह रहा था जो तूने कहीं वह देखी होती...

मैंने भी उसी हसरत से पूछा, "कैसी थी?"

चूल्हे पर से खौलती चाय शीशे के गिलास में डालकर उसने कांपते हाथ से जब गिलास मेरे आगे रखा—लगा उसके शीशे सरीखे मन में भी कुछ उबल-खौल रहा था...

कह रहा था, "अंगूठा चूसती को झोली में डाला था। आंधी से कोठा ढह गया। ऊपर से इतने पेड़ टूटे कि कोठा भी कहीं ढूंढ़े मिलता नहीं था। बाप मर गया, मां मर गई, पर मिट्टी के ढेर में से यह निकल आई। होनी कि बेटी को तब कुछ न हुआ।"

"फिर?"

"ऐसी पक्की हड्डी थी। फिर जवान हुई तो कई बवंडर उठ खड़े हुए..."

"यहां इसी बावड़ी पर तुम्हारा घर था बाबा?"

"काहे को, अपने भरे गांव में था। अपने खेत थे...अपने खलिहान..."

"फिर?"

"कोई पिछले जन्म का लेन-देन था। गांव के नम्बरदार का बेटा भरती हुआ तो हाथ में बन्दूक थामकर कह गया—यह कजली किसी और जगह ब्याही तो उस जने को बन्दूक की एक ही गोली से बींध दूंगा।"

"फिर?"

"उससे भी सवाया, पता नहीं किस निगोड़ी मां ने जन्मा था, एक

कोई और घोड़े पर चढ़ा, हमारे गांव में से गुज़रा, और कजली के माथे पर तकदीर लिखी गई।"

"फिर बाबा?"

"चिड़ियों और गुटारों की तरह उड़ती लड़की को पिंजरे में डाल गया..."

"लौटकर आया कि ना?"

"उसकी होनी उसे बुलाती थी, आता कैसे ना? ढलते दिन की तरह गया था, उगते दिन की तरह लौट आया।"

"फिर?"

"मैं नम्बरदारों से डरता इसको कोई हामी ना भरू, पर यह तो नदियों के बहाव थे, मैं कैसे थाम सकता था...उसके हाथ में भी बन्दूक थी, कहता—भुगत लूंगा नम्बरदारों के लड़के को...लड़की उससे भी सवारत्ती बढ़कर कहे—मुझे सिखा बन्दूक चलाना...और उन दिनों सचमुच नम्बरदारों का लड़का छुट्टी आ गया।"

"फिर?"

चाय पीनी भूल गई थी, तो भी लगा—गर्म चाय से होंठ जल गए थे...

"उसकी आई थी...उसकी काहे को, सबकी आई थी...दोनों ने बन्दूकें तान लीं। नम्बरदारों का लड़का बन्दूक की गोली से मर गया, और हम सबको कर्मों ने मार दिया..."

"वह पकड़ा गया?"

"सारा गांव गवाह था, उस बावरे ने कहां जाना था...पुलिस पकड़कर ले गई तो फिर उसकी सूरत नहीं देखी। लड़की ने कई अरज़ियां दीं, पर अगलों ने यही बात पकड़ ली कि वह अरज़ी देने वाली कौन होती है—न मां, न बहन, न घर की कोई नार..."

सामने दूर, पार तक पत्थर ही पत्थर दिखते थे। लगता—कजली

को सारी दुनिया ही पत्थरों की दिखती होगी।

"बिटिया! चार फेरे लिए होते, चलो वह चाहे जेल में ही था, तिमाहे, छमाहे उसका मुंह तो देखती..."

"उसे कितनी सज़ा हुई, बाबा?"

"सारी उम्र की।"

"सारी उम्र की?"

"तीन बरस बीत गए—जग ताने देवे कि भला वह उसकी क्या लगती थी? कानून तो कागज़ों के होते हैं न बिटिया!"

कागज़ों पर लिखे अक्षरों में, और पत्थर पर खिंची लकीर में—क्या और कहां फर्क होता है? सोच रही थी—यह कभी पकड़ में नहीं आता...

बाबा कह रहा था—"उसे किसीपर गुस्सा नहीं था—सिर्फ पुलिस वालों पर गुस्सा था, कि उसे सलाखों के पीछे पड़े हुए को, कभी बरस-छमाही देखने क्यों नहीं देते, थाने जाती तो वहां उसकी बेइज़्ज़ती करते कि...रोती के हाथ भीग जाते...फिर—एक-दो रिश्ते आए तो जली—मारी कहने लगी-चाचा, किसीसे मेरा ब्याह-थ्याह कर दे—इज़्ज़त वाली होकर देख लूं..."

"फिर उसने ब्याह किया?"

"ना ही करती...उस बेलगाम घोड़ी को लगाम कहां पड़नी थी, उधर फेरे दिए, उधर सोग मनाकर बैठ गई... मैंने उस जने को समझाया कि सब्र से काम ले—पर वह निगोड़ा जला-भुना चौथे दिन ही गाली-गलौज देने लगा। हाथों से मेहंदी भी नहीं उतरी थी, लड़की को मारने-पीटने लगा। उसने भी मारते हुए का हाथ न रोका। बदन पर नील पड़ गए तो थाने जाकर रपट लिखबा आई। कहने लगी—अब तो कानून बोलेगा, तब तो उसे दांती लग गई थी। तब उसे मेरे ज़ख्म नहीं दिखते थे, अब तो मेरे नील दिखेंगे—अब तो इज़्ज़त वाली हूं..."

मैंने हैरान-सा होकर पूछा-"फिर बाबा?"

"वह पकड़ा गया, छ: महीने की सज़ा सुनाई गई। कहा गया या तो दो सौ रुपये दण्ड भरे या जेल जाए। घर तो तगड़ा नहीं था, रुपया कहां से भरता? पर इस लड़की की बातें—न हमसे बूझी गईं, न भगवान से। खुद ही उसे सज़ा दिलवाई, खुद ही जाकर उसका दण्ड भर आई। दो सौ रुपया सरकार के माथे मारकर उसे छुड़ा दिया। पर खुद, खुदा की बन्दी फिर उसके माथे न लगी। न उसके घर गई, न उसे अपने घर आने दिया...बस अन्दर घुसकर बैठ गई—जैसे कब्र में पड़ी हो..."

मैं सोच रही थी—पहाड़ी राह—पेचीदे मोड़ वाले, शायद इन्सानी मन की रीस में बने हैं...बावड़ी की तरह मन भर आया...

वह कह रहा था—"फिर दो बरस बाद वह, जिसकी सूरत भी भूल गए थे, जेल तोड़कर वह हमारे घर में आ खड़ा हुआ..."

"वह?"

"आधी रात को। मैं तो पूस की रात की तरह कांपने लगा... पर कजली उसे ललककर मिली। जैसे कब्र में से उठ बैठी..."

"पर पुलिस उसके पीछे होगी?"

"कजली को भी पता था कि पुलिस उसके पीछे होगी, पर उन्हीं कपड़ों खड़े पैरों वह उसके साथ हो ली। वह घड़ी-भर भी वहां नहीं ठहर सकते थे। पहला छापा, पता था, वहीं पड़ना था..."

"फिर?"

"यह जगह पता नहीं सौ कोस दूर होगी। पता नहीं वह यहां कैसे पहुंचे। मुझे फिर छः महीने उनकी कोई खबर नहीं मिली। कहते हैं वह छः महीने यहां घर बनाकर रही। गुज़ारे के लिए—यह चाय की दूकान चलाती। किसीको अपने मर्द के माथे न लगने देती। दिखने को सबको अकेली दिखाई देती थी। तभी तो बिटिया! यह हराम के उसे मरखनी

कहते थे। अकेली देखकर पगला जाते होंगे...बस वही रातों के अंधेरे में चार दिन उसने जो जीना था, जी लिया—फिर पुलिस को सू लग गई। कहते हैं जब पुलिस ने घेरा डाल लिया तो कजली ने खुद बन्दूक चलाकर पहले अपने मर्द को मार दिया, फिर एक गोली अपनी छाती में मार ली...और पुलिस लाशें लेकर चल पड़ी..."

उसने छोटी अंसुआई आंखों से चौगिर्द के पेड़ों को, पौधों को ऐसे देखा जैसे पत्ते-पत्ते में से कजली की और उसके मर्द की रूह दिखती हो...मरे हुए बुत तो पुलिस ले गई थी...

बावड़ी के पानी से आंखें धोती हुई, मैंने देखा—मेरे हाथ कांप रहे थे...

# लाल मिर्च

"डाक्टरों के इंजेक्शनों को छोड़ा यार, जिस घर के कुत्ते ने काटा है, उस घर की लाल मिर्चें अपने ज़ख्म पर लगा लो।" एक दोस्त ने कहा।

"जिस घर के कुत्ते ने काटा है, अगर उस घर की कोई सुन्दर लड़की तुम्हारे ज़ख्म पर पट्टी बांध दे...। लड़कियां भी तो लाल मिर्च होती हैं।" दूसरा दोस्त बोला।

कालेज के सभी दोस्त लड़के हंस पड़े। और वह, जिसे कुत्ते ने काटा था, हंसकर कहने लगा, "यार नुस्खा तो अच्छा है, पर तुमने आज़माया हुआ है न?"

गोपाल ने उम्र की सीढ़ी के अठारहवें डंडे पर पांव रखा हुआ था, और गोपाल को लगा कि इस डंडे पर ज़वानी के अहसास का एक कुत्ता दुबककर बैठा हुआ था, और आज उसने अचानक पागलों की तरह उसकी टांग में से मांस नोच लिया था।—उस दिन से गोपाल का मन अपने ज़ख्म पर लगाने के लिए लाल मिर्च जैसी लड़की ढूंढ़ने लग गया था।

लड़कियां तो गोपाल के कालेज में भी थीं, पड़ोस के घरों में

भी, उस शहर की गलियों में भी, और अन्य सब शहरों में भी। 'पर जिस लड़की को मैं ढूंढ़ रहा हूं,' गोपाल सोचता, 'वह कहां है?'

और फिर गोपाल लड़कियों को ऐसे देखता जैसे थाली में दाल को बीना जाता है। छोटे कद की, मोटी, बैठी हुई नाक वाली, लम्बी, गोल...और जब ऐसी लड़कियों को वह दाल में के पत्थरों की तरह बीन लेता, उसे सभी पुरानी उपमाएं याद आ जातीं—लचकती हुई टहनी जैसी लड़की...चन्दन जैसी लड़की, देवदार के वृक्ष जैसी लड़की, चांद की फांक जैसी लड़की...और फिर गोपाल सोचता—कोई नहीं, इनमें से कोई भी नहीं, उसे तो केवल लाल मिर्च जैसी लड़की चाहिए।

वैसे तो कालेज के सभी लड़कों में पुस्तकों और कोर्सों की बजाय लड़कियों की बातें लम्बी हो गई थीं, पर गोपाल की हर बात को अपने घर जाने के लिए जैसे 'लड़की' शब्द के दरवाज़े में से ज़रूर गुज़रना पड़ता था।

कभी रेडियो पर नूरजहां की आवाज़ आती, "तुम्हारे मुख पर काले रंग का तिल है, ऐ सियालकोट के लड़के!" तो गोपाल अपने लाल होंठों पर एक मोटे तिल को अंगुली से टटोलने लग जाता और फिर जैसे नूरजहां को सम्बोधन करके कहता, "ज़ालिम, हर बार कहती है 'सियालकोट के लड़के', 'सियालकोट के लड़के', कभी इसकी जगह लायलपुर के लड़के भी तो कहा कर।"...नूरजहां ने तो गोपाल की बात कभी न सुनी पर कालेज के लड़कों ने ज़रूर गाना शुरू कर दिया, "ऐ लायलपुर के लड़के...।" पर इससे तो गोपाल की ज़बान और भी सूख जाती थी। उसे और प्यास लगती थी—कभी नूरजहां, कभी एक लड़की यह बात कहे!

भुने हुए चने बेचने वाला कहता, "बम्बई का बाबू मेरा चना ले गया," तो गोपाल हंसता, "चना ले गया तो ऐसे कहता है जैसे इसकी

लड़की निकालकर ले गया है।"

ऐनकों वाली लड़कियां गोपाल को लड़कियां नहीं लगती थीं। "जब भी आंखों को देखना हो, पहले कांच की दीवार पार करनी पड़ती है।" गोपाल कहता और उन लड़कियों को लड़कियों की सूची में से निकाल देता।

किसी लड़की ने ऊंची धोती बांधी हुई होती, पांव में जुराबें पहनी होतीं, हाथ में छतरी होती, तो गोपाल हंसकर मुंह फिरा लेता, "यह लड़की थोड़ी है, यह तो मास्टरनी है, मास्टरनी। जो विद्यार्थी गणित में कमज़ोर हो, वह मास्टरनी से शादी कर ले..."

किसी लड़की ने गहरे रंगों के कपड़े पहने होते या बांह में चूड़ियां ही बहुत ज़्यादा पहनी होतीं, तो गोपाल कहता, "यह तो रंगों का विज्ञापन है। लड़की तो बीच में से मिलती ही नहीं, बस पूरी की पूरी चूड़ियों की दुकान है।"

किसीकी बरात जा रही होती, गोपाल उदास हो जाता, "च... च...च बेचारे का दिवाला निकल गया..." और गोपाल कहता, "जब मनुष्य प्रेमी बनने से पहले पति बन जाता है तो समझो अब बेचारे के पास पंजी बिल्कुल नहीं रही, और उसने घबराकर दीवालिया होने की अर्ज़ी दे दी है।"

"शायद वह किसी प्रेमिका से ही शादी करने जा रहा हो।" गोपाल का कोई दोस्त कहता।

"नहीं यार, ज़ुल्फ को सर करने में उम्र लगती है। ग़ालिब की डोमनी और लोर्का की जिप्सी, इनके दरवाज़े पर कभी बरात नहीं जाती।" और गोपाल कई वर्ष तक इस ज़ुल्फ की बातें करता रहा जिसके सर करने में उसको उम्र लगानी थी।

और गोपाल ने टटोल-टटोलकर देखा—काली रात जैसे बाल, पर उसे किसी रात ने नींद न दी। सघन जंगल जैसे बाल, पर वह किसी

जंगल में खो न सका। समुद्र की लहरों जैसे बाल, पर वह किसी लहर में गोता न लगा सका। और गोपाल ने उम्र के जो साल एक ज़ुल्फ को सर करने में लगाने थे, वे ज़ुल्फ को ढूंढ़ने में ही खोते रहे। और फिर गोपाल अपने सालों के खो जाने से घबरा गया।

"तुम भी अब हमारी तरह दीवालियापन की अर्ज़ी दे दो यार।" कालेज के पुराने साथियों में से कोई जब गोपाल को मिलता मज़ाक करता।

उम्र के अठारहवें वर्ष में जवानी के पागल कुत्ते ने गोपाल की टांग को काटा था और उस ज़ख्म पर लगाने के लिए गोपाल एक लाल मिर्च जैसी लड़की ढूंढ़ रहा था, पर अब उम्र के बत्तीसवें वर्ष में उस ज़ख्म का ज़हर उसके सारे शरीर में फैलने लग गया था।

अब गोपाल सोचने लग गया था, वह न ग़ालिब है, न लोर्का। वह गोपाल है, या एक ईश्वरदास, या एक शेरसिंह, या एक अल्लारक्खा।...और उसने सिर झुकाकर दीवालिया होने की अर्ज़ी दे दी।

"क्यों यार, आज डोमनी के घर में बरात आएगी या जिप्सी के घर में?"

"सुनाओ, भाभी कैसी है?"

"और कुछ नहीं तो हम तुम्हारी लाल मिर्च के देवर तो बन ही जाएंगे।"

"बेशक सोने की अंगूठी की जगह हीरे की अंगूठी ही देनी पड़े, भाभी का घूंघट ज़रूर उठाएंगे।"

गोपाल अपने दोस्तों के मज़ाक को अपने हाथ पर विवाह के लाल धागे की तरह बांधे जा रहा था और हंसता हुआ कह देता था, "मास्टरनी है, मास्टरनी। ऐनक भी लगाती है तुम्हारी भाभी।"

मां ने जब रिश्ता किया था, गोपाल से कहा था कि अगर वह चाहे तो किसी बहाने वह लड़की दिखा देगी। पर गोपाल ने स्वयं

ही इंकार कर दिया था—"जब दीवालिया होने की अर्ज़ी हो देनी है तो..."

डोली दरवाज़े पर आ गई।

"सुन्दर है बहू, घर का सिंगार है।" उसे रुपये देते समय गोपाल की ताई कह रही थी। और गोपाल कह रहा था-जब लोग दरवाज़े के सामने कोई भैंस लाकर बांधते हैं, तब भी यही बात कहते हैं—'भैंस तो घर का सिंगार होती है।' और जब लोग डोली लेकर आते हैं तब भी यही बात कहते हैं—'बहू तो घर का सिंगार होती है।' और फिर भैंस में और बहू में जो फर्क होता है, वह कहां गया?—और फिर गोपाल खुद ही हंस देता—"यह भी वही फर्क है जो एक प्रेमी और दूल्हे में होता है।"

गोपाल की पत्नी न ही इतनी सुन्दर थी, न ही इतनी कुरूप। आम लड़कियों जैसी लड़की, देखने में बस ठीक ही लगती। और गोपाल को न कोई चाव था, न कोई शिकायत। वह भांति-भांति के कपड़े पहनती, पर गोपाल उसे कभी 'रंगों का विज्ञापन' न कहता। और वह सोहाग की चूड़ियां और दहेज के कड़े सब कुछ एकसाथ पहन लेती, गोपाल उसे कभी 'ज़ेवरों की दुकान' न कहता।

आजकल गोपाल को जवानी के शुरू के दिनों में पढ़ा हुआ एक अंग्रेज़ी उपन्यास याद आया करता था जिसमें अपने सपनों की लड़की ढूंढ़ने के किए कोई उम्र लगा देता है, पर उसे ढूंढ़ नहीं पाता, और फिर मरते समय अपने बेटे को अपनी सारी रूपरेखा और सारी लगन देकर कह जाता है कि वह इस किस्म की आंखों वाली, इस किस्म के नक्शों वाली और इस किस्म के बालों वाली लड़की को ज़रूर ढूंढ़े। और फिर सारी उम्र की खोज के बाद उसका बेटा मरते समय यही बात अपने बेटे को लिखकर दे जाता है।

'ज़ुल्फ को सर करने में ग़ालिब ने सिर्फ एक ही उम्र का अन्दाज़ा

लगाया था, पर' गोपाल सोचता, 'जीवन की हार ग़ालिब के अन्दाज़े से बहुत बड़ी है।' और आजकल गोपाल सोच रहा था, उसके घर एक पुत्र जन्म लेगा, हूबहू उसकी मुखाकृति, हूबहू उसका दिल, हूबहू उसके सपने और फिर जब उसका पुत्र जवान होगा, वह एक लाल मिर्च जैसी लड़की ज़रूर ढूंढ़ेगा।...और फिर वह सारा संसार अपने पुत्र की आंखों में देखेगा।

"आज मैं बर्फ वाला पानी नहीं पिऊंगी," एक दिन गोपाल की पत्नी ने शिकंजवी का गिलास अपनी सास को लौटाते हुए कहा। और मां जब उसके लिए चाय बनाने के लिए रसोई में गई तो गोपाल ने अपनी पत्नी से हल्का-सा मज़ाक किया, "मैं सारा महोना सपने इकट्ठे करता हूं और तुम महीने के बाद मेरे सारे सपने तोड़ देती हो... ।"

शायद वह इन्हीं शब्दों का असर था कि अगले महीने गोपाल की पत्नी के दिन लग गए और गोपाल की बांहों में जैसे अभी उसका बेटा खेलने लग गया।

"खट्टी या नमकीन चीज़ तो इसने कभी मांगी ही नहीं, हमेशा इसका मन मीठी चीज़ों के पीछे भटकता है, ज़रूर बेटा होगा। तुम्हारे जन्म के समय मुझे भी गुड़ की खीर अच्छी लगती थी।" मां जब कहती, गोपाल को लगता, अब तो उसका बेटा तोतली बातें भी करने लग गया है।

यह नौ महीने गोपाल को पिछले नौ वर्षों के समान प्रतीत हुए। और फिर घर में घी, गुड़ और अजवायन इकट्ठी होने लगी।

कमरे का दरवाज़ा बन्द किया हुआ था। गोपाल ने बाहर बरामदे में बैठकर कागज़, कलम और पुस्तक अपने सामने इस तरह रखी हुई थी जैसे देखनेवाले को लगे, उसे सिर उठाने की फुर्सत नहीं थी। पर गोपाल पुस्तक का कभी कोई पृष्ठ उलटता, कभी कोई। और फिर

जो पंक्तियां सामने आ जातीं, उनको कागज़ पर लिखने लग जाता। दरवाज़े के पास वह जमा बैठा था और उसके कान अन्दर की आवाज़ सुनने के लिए सतर्क थे।

"ज़रा हिम्मत कर बेटी। बेटों का इसी तरह जन्म होता है।... बस मिनट-भर के लिए दांतों तले ज़बान दबा..." रह-रहकर दाई की आवाज़ आ रही थी। और गोपाल प्रतीक्षा कर रहा था, 'अभी...अभी वह कहेगी...लाख-लाख बधाइयां गोपाल की मां। यह लो बेटा...।'

एक बार दाई बाहर आई थी। कहने लगी, "बेटा गोपाल, ज़रा जाकर थोड़ा-सा शहद तो ला दे। देखकर लाना, नया शहद हो।"

गोपाल वहां से जाना नहीं चाहता था। 'क्या पता बाद में... जल्दी ही कुछ हो जाए...मैं उसकी पहली आवाज़ सुनूंगा,' और वह दाई से कहने लगा, "शहद की याद अब तुम्हें आई है।...यह सारा काम पड़ा हुआ है मेरे सामने। कल मुझे यह सारा काम दफ्तर में देना है।"

"तुम मर्दों को तो अपने काम की ही पड़ी रहती है। आखिर बूढ़ी उम्र है, कई बातें भूल जाती हूं।" दाई यह कह रही थी कि गोपाल की मां ने सारी मुश्किल दूर कर दी। कहने लगी, "हमारे यहां कभी किसीने शहद-वहद नहीं दिया। हम तो अंगुली पर थोड़ा-सा गुड़ लगाकर मुंह में डाल देते हैं।"

"अच्छा गुड़ ही सही।" और दाई अंदर चली गई थी।

गोपाल के कान फिर दरवाज़े की ओर लगे हुए थे, पर दाई का 'मिनट-भर' पता नहीं कितना लम्बा था। वह अभी तक कह रही थी, "मिनट-भर के लिए दांतों तले ज़ुबान दबा...ज़रा अपनी तरफ से ज़ोर लगा न नीचे को।"

और फिर अचानक बच्चे के रोने की आवाज़ आई। गोपाल का सांस जैसे किसीने हाथ में पकड़ लिया हो। वह न नीचे को आ रहा था, न ऊपर जा रहा था। और अभी तक दाई की आवाज़ नहीं आई थी। उसे बच्चे की आवाज़ की अपेक्षा दाई की आवाज़ की अधिक प्रतीक्षा थी।

और फिर दाई की आवाज़ आई, "लड़की।"

गोपाल की कुर्सी कांप गई। उसकी मां शायद पानी या तौलिया लेने बाहर आई हुई थी। गोपाल के होंठ कांपे, "मां, लड़की!"

"नहीं बेटा, नहीं, तू भी पागल है। जब तक औल' नहीं गिरती, दाइयां यही कहती हैं। अगर वह कह दें कि बेटा हुआ है तो मां की खुशी के कारण औल ऊपर चढ़ जाए।" और मां जल्दी-जल्दी अन्दर चली गई।

"यह 'औल' पता नहीं क्या बला है। न जल्दी गिरती है, न दाई आगे बोलती है।" गोपाल की कुर्सी अब यद्यपि पहले की तरह उतनी कांप नहीं रही थी, पर फिर भी गोपाल ने उसे दीवार के साथ लगा लिया था।

"बेटी हो या बेटा, जो भी जीव हो भाग्यवान हो।" दाई की आवाज़ आई।

"बेटी तो लक्ष्मी होती है। इस बार बेटी, तो अगले साल बेटा।" मां दाई से कह रही थी।

"लड़की है कि रेशम का धागा है..." मां कह रही थी या दाई कह रही थी, इस बार गोपाल से आवाज़ पहचानी नहीं गई। उसकी कुर्सी कांपी और कुर्सी के कारण जैसे सारी दीवार डगमगा गई। उसे लगा, वह बूढ़ा हो गया था, लाला गोपालदास। और उसकी पत्नी अपने घटनों को दबाती हई कह रही थी, 'लड़की इतनी बड़ी हो गई है, कोई लड़का देखो न। कहां छुपाऊं इस आंचल की आग को? ऐसा रूप...ऊपर

से ज़माना बुरा है...।' और फिर उसके दरवाज़े पर बरात आ गई... उसके दामाद ने उसके पांव छुए...उसकी बेटी लाल सुर्ख कपड़ों में लिपटी हुई थी...वह डोली के पास जाकर उसे प्यार देने लगा...उसकी बेटी...बिलकुल लाल मिर्च...।

लाल मिर्च...लड़की...लाल मिर्च...और गोपाल को लगा, आज...आज किसीने मिर्चें उठाकर उसकी आंखों में डाल दी थीं।

# एक लड़की : एक जाम

प्रसिद्ध चित्रकार सुमेश नन्दा की यह कहानी असल में मैंने पिछले बरस लिखी थी। दिल्ली में उनके चित्रों की प्रदर्शनी लगी थी। हफ्ते-भर, रोज़, किसी न किसी पत्र में सुमेश नन्दा की कला की आलोचना होती रही। बड़े समझदार लोग यह प्रशंसात्मक आलोचना करते थे। मुझे चित्रकला के सम्बन्ध में सिर्फ उतनी ही जानकारी है, जितनी एक कला-विधान से अनजान, पर एक सूक्ष्म अहसास वाले आदमी को होती है।...और प्रदर्शनी के कई चित्रों की खामोश तारीफ करती मेरी आंखें सुमेश नन्दा के दो चित्रों के सामने जमकर रह गई थीं। एक चित्र के नीचे लिखा हुआ था, 'ढाई पत्ती-डेढ़ पत्ती' और दूसरे चित्र के नीचे लिखा हुआ था, 'एक लड़की : एक जाम।'

पहला चित्र चाय के बाग में चाय की पत्तियां चुनती हुई पहाड़ी लड़कियों का था और इस चित्र का भाव चित्रकार ने ऐसे समझाया था :

चाय के सारे पौधे की अन्तिम कोंपल डेढ़ पत्ती होती है, एक पूरी बड़ी पत्ती और एक उसके साथ जुड़ी हुई छोटी-सी बच्चा पत्ती। उस डेढ़ पत्ती की चमक ही अलग होती है। उस अन्तिम कोंपल से नीचे ढाई

पत्तियां उगती हैं, बड़ी नर्म। और फिर उससे नीचे मोटी पत्तियों की कई शाखें। ढाई पत्ती और डेढ़ पत्ती अलग तोड़कर रख लेते हैं। इन पत्तियों से जो चाय बनती है, वह बड़ी महंगी बिकती है। बाकी हम लोग जो चाय खरीदते हैं, वह नीचे की सस्ती, मोटी पत्तियों की चाय होती है। एक साबुत पौध से सिर्फ चार छोटी पत्तियां झरती हैं, सारे बाग में से आखिर कितनी पत्तियां झरेंगी? वह चाय बड़ी महंगी बिकती है, साठ रुपये पौंड से भी महंगी।

सुमेश नन्दा के इस चित्र में जो सबसे पहली लड़की थी, उसका मुंह आधे से भी थोड़ा दिखाई पड़ता था। हमारे सामने ज़्यादा उसकी पीठ थी, फिर भी उसके सौन्दर्य की कैसी छवि दिखती थी! लगता था, सारी पहाड़ी लड़कियां जैसे चाय का एक पौधा हों, बिखरा-फैला एक पौधा, और यह लड़की, इस पार खड़ी हुई लड़की, सारे पौधे की अन्तिम कोंपल हो, डेढ़ पत्ती की छोटी, हरी चमकदार कोंपल!...पर मैंने अपनी बात अपने पास ही रखी और चित्रकार को कुछ नहीं कहा।

दूसरा चित्र, जिसके नीचे लिखा था, 'एक लड़की : एक जाम', एक पहाड़ी लड़की का अनोखा सौन्दर्य था; जैसे लोग कहते हैं, 'यह चित्र तो मुंह से बोलता है!' वाकई ऐसा मुंह से बोलनेवाला चित्र मैंने कभी नहीं देखा था। उसके सम्बन्ध में चित्रकार ने कुछ नहीं कहा था। मैंने ही कहा, "ऐसा जाम पीने के लिए तो एक उम्र भी थोड़ी है।"

चित्रकार ने चौंककर मेरी ओर देखा। कोई साठ साल की उम्र होगी उनकी। जाने कौन-सी जवानी पिघलकर चित्रकार की आंखों में आ गई। बोले, "इस चित्र की यह व्याख्या मैंने और किसी से नहीं सुनी। यह बिलकुल वही बात है, जो मैंने कहनी चाही थी। और तो और, मेरे मित्रों ने भी इसका यह अर्थ नहीं लगाया था। मेरे साथ

कइयों ने मज़ाक किए, 'एक लड़की : एक जाम'...और जाम नित नया होता है!"

जाने उस चित्र में कौन-सा बुलावा था! हफ्ते-भर वह प्रदर्शनी लगी रही, और मैं उस हफ्ते में तीन बार प्रदर्शनी देखने गई थी— असल में सारे चित्र नहीं, एक चित्र, 'एक लड़की : एक जाम!' किसी कला-मर्मज्ञ होने के ज़ोर से नहीं, सिर्फ मन में कुछ उठते हुए के ज़ोर से मैंने सुमेश नन्दा की उस कृति के सम्बन्ध में एक सादी-सी बात कही थी। और उस सादी-सी बात ने चित्रकार का सारा मन खोलकर उसके होंठों पर ला दिया था।

"कांगड़ा-कलम को जांचता-परखता मैं कुछ दिन कांगड़े के एक गांव में रहा था। पालमपुर चाय के बाग अधिक दूरी पर नहीं थे। यह चित्र, 'ढाई पत्ती-डेढ़ पत्ती', मैंने वहीं बनाया था। यह लड़की, जो इस ओर खड़ी हुई है, ध्यान से देखना, वही लड़की है, जिसे दूसरे चित्र में मैंने लिखा है, 'एक लड़की : एक जाम' !"

"यह तो मैंने आपके कहने से पहले नहीं पहचाना था। पर पहले दिन ही यह चित्र देखकर मुझे लगा था, जैसे सारी लड़कियां चाय का एक पौधा हों और यह लड़की उस पौधे की सबसे ऊपर की कोंपल हो, छोटी, हरी और चमकदार!"

सुमेश नन्दा की बूढ़ी आंखों में फिर एक जवान चमक आई और उन्होंने कहा, "अब तो मैं और विश्वास से भर गया हूं। तुमने यह बात अपने अधिकार से मुझसे निकलवा ली है। तुमने मेरे दोनों चित्रों के जैसे अर्थ दिए हैं, मेरी कहानी सुनने का तुम्हारा अधिकार हो जाता है। पहले किसीने मुझसे यह बात नहीं सुनी।

" मैंने इस लड़की को टूणी कहकर बुलाया था। इसका नाम पूछने का भी कष्ट मैंने नहीं किया था। इसीने, इस चाय की पत्तियां चुन रही ने, 'ढाई पत्ती-डेढ़ पत्ती' वाली बात मुझे सुनाई थी और मैंने

उसे कहा, 'तू लड़कियों के सारे पौधे की ऊपर की पत्ती है, बड़ी महंगी! ...जाने यह चाय कौन पिएगा!'

"बरसात के दिन थे। एक नाला ऐसे बहा कि साथवाले गांवों को जोड़नेवाली सड़क उसमें डूब गई। गांवों का आवागमन बन्द हो गया। कोई तीन दिन के बाद सड़क का जिस्म दिखाई दिया। इस तरफ से मैं जा रहा था, उस पार से वह टूणी आ रही थी। मैंने कहा, 'आखिर पानी रुक ही गया। एक बार तो ऐसे लगा था, इस पानी का बहाव सूखेगा ही नहीं!'

"पता है कि टूणी ने क्या कहा? कहने लगी, 'बाबू, यह भी कोई आदमी के आंसू हैं जो कभी न सूखें!' मैं टूणी के मुंह की ओर देखता रह गया। उसका मुंह सुन्दर था, पर ऐसी बात भी कह सकता था, मैं यह नहीं सोच सकता था। कुछ ऐसी बात मैंने पहले एक बंगाली उपन्यास में पढ़ी थी, पर टूणी ने तो कभी बंगाली उपन्यास नहीं पढ़ा था। जाने, सारे देशों के दुःखों की एक ही भाषा होती है!

"मैं उसके घर पर गया। उसका बाप था, मां थी, दो भाई थे और एक भाभी। मैं उसके घर का भीतर-बाहर टटोलता रहा। वह कौन-सा दुःख था उसके मन में, जहां से उसकी यह बात उगी था? और मैंने उसके दुःख का बीज ढूंढ़ लिया। उसके बापू के सर पर काफी कर्ज़ा था। उस ओर लड़कियों की कीमत पड़ती है—तीन-चार सौ से लेकर हज़ार तक। और कर्ज़ा देनेवाले ने टूणी को पन्द्रह सौ रुपये के बदले उसके बापू से मांग लिया था। और टूणी कहती थी, 'वह आदमी आदमी नहीं, एक देव-दानव है! मुझे सपने में भी उससे भय आता है!'

"एक दिन मैंने टूणी को अलग बिठलाकर पूछा, 'अगर मैं तेरे भय की रस्सी खोल दूं?'

" 'वह कैसे, बाबू?'

" 'मैं पन्द्रह सौ रुपये भर देता हूं। तू अपने बापू से कह, वह सगाई तोड़ दे।'

"कोई और लड़की होती, जाने मेरे पैरों को हाथ लगाती। पर उस टूणी ने सीधा मेरे दिल में हाथ डाल दिया। कहने लगी, 'और बाबू, तू मेरे साथ ब्याह करेगा?'

"कभी मैंने कहा था, 'टूणी! तू चाय के पौधे की सबसे कीमती पत्ती है, यह चाय कौन पिएगा?' और आज टूणी ने अपने प्राणों की पत्ती से मेरे लिए वह चाय बना दी थी। पर न मैंने यह बात पहले सोची थी, न मैंने कही थी। मैंने उसे समझाना चाहा कि मेरा यह मतलब नहीं था। पर उसके कपड़ों पर तो जैसे किसीने चिनगारी फेंक दी हो।

"कहने लगी, 'अरे बाबू, मैं कोई भीख मांगनेवाली हूं?'

"मेरी ज़िन्दगी कोई अच्छी नहीं थी। कितनी लड़कियां आई थीं और फिर अपनी राह चल दी थी। मैं ज़िन्दगी की एक छोटी-मोटी सड़क पर ही उनके साथ चल सका था; कोई लम्बा रास्ता मैंने कभी नहीं पकड़ा। और अब मेरा यह विश्वास ही खो गया था कि मैं कभी भी किसीके साथ ज़िन्दगी का सारा सफर चल सकूंगा।

" 'मेरी ज़िन्दगी में बड़ी तपिश है। तू पी नहीं सकेगी, यह मुंह जल जाएगा!' और मैंने लाड़ से टूणी का दिल रखने के लिए उसके होंठों को अपनी अंगुली लगा दी।

" 'फूंक-फूंककर पी लूंगी, बाबू,' यह-जैसी बात मैंने सुनी, और वह-जैसा टूणी का मुंह मैंने देखा। मुझे लगा, यही टूणी है, यही टूणी, जिसके साथ मैं ज़िन्दगी का सारा रास्ता चल सकता हूं।

"अपने और उसके फैसले को मैंने चांदी के रुपये की भांति फिर ठनकाकर देखा। मैंने कहा, 'तुझे पता नहीं, पहले कितनी

लड़-कियां मेरी ज़िन्दगी में आ चुकी हैं। हर लड़की को मैंने शराब के एक जाम की तरह पिया, और फिर एक जाम के बाद मैंने दूसरा जाम भर लिया।'

" टूणी हंस दी। कहने लगी, 'क्यों बाबू, तेरी प्यास नहीं मिटती?'

" मैंने अभी कुछ नहीं कहा था कि टूणी फिर बोली, 'अच्छा, एक वादा कर ले बाबू! जब तक मेरे दिल का प्याला खत्म न हो जाए, तू उतनी देर किसी दूसरे प्याले को मुंह न लगाएगा।'

" मुझे लगा, मैंने आज तक जितने भी जाम पिये थे, वे जिस्मों के जाम थे, बिल्कुल जिस्मों के जाम! उनमें दिल का जाम कोई नहीं था। अगर होता तो शायद जब तक उस प्याले की शराब खत्म न हो जाती, मैं दूसरे प्याले को मुंह न लगा सकता।...और शायद दिल के प्याले में से शराब कभी खत्म नहीं होती।

" मैंने अपने फैसले का रुपया ठनकाकर देख लिया। टूणी का फैसला तो था ही खरा...टूणी के मां-बाप ने हम दोनों का फैसला मान लिया। और मैं रुपयों का प्रबन्ध करने के लिए शहर में आ गया।"

सुमेश नन्दा ने जब अपनी यह कहानी आरम्भ की थी, उस समय आठ बजने वाले थे। आठ बजे प्रदर्शनी खत्म हो जाती थी, इसलिए कमरे में से चित्र देखने वाले लोग लौट गए थे, और नया कोई आने वाला नहीं था। कहानी भंग नहीं हुई थी। पर कहानी को यहां तक पहुंचाकर चित्रकार ने स्वयं ही अपनी खामोशी से उस कहानी को खड़ा कर लिया।

मैं चित्रकार को देखती रही, खड़ी हुई कहानी को देखती रही। चित्रकार जैसे एक समाधि में डूब गया था।

चपरासी प्रदर्शनी के कमरे का दरवाज़ा बन्द करने के लिए बाहर

दहलीज़ों के पास आ गया था। मैंने हाथ के इशारे से उसे खामोश रहने के लिए कहा और इन्तज़ार करने लगी, शायद यह खड़ी हुई कहानी कोई कदम उठा ले।

चित्रकार की बन्द आंखों से आंसू टपकने लगे शायद। उस पानी ने कहानी को बहाव में डाल दिया।

"मैं जब रुपये लेकर वापस गया, किस्मत ने मेरा जाम मेरे हाथों से छीन लिया था।"

"क्या बाप ने टूणी का ज़बरदस्ती ब्याह कर दिया था?" मैंने कांपकर पूछा।

"इससे भी भयंकर बात! ...टूणी जिसे देव-दानव कहती थी, उस बूढ़े साहूकार ने अपना सौदा टूटने की खबर सुन ली थी और उसने धोखे से किसीके हाथों टूणी को ज़हर पिला दिया था...

"टूणी की चिता में थोड़ी-सी सेंक बाकी थी, थोड़ी-सी आग। मैंने उस आग को साक्षी बनाया और चिता के गिर्द घूमकर जैसे फेरे ले लिए।"

शायद तीस-पैंतीस की उम्र में चित्रकार ने वे फेरे लिए होंगे। अगले तीस बरस उसने कैसे उन फेरों की लाज रखी होगी, यह उसके साठवें-बासठवें बरस से भी पता चलता था, कोई पूछने की बात नहीं थी। मुझे लगा, सारी बीसवीं सदी उसे प्रणाम कर रही है।

धीरे-धीरे चित्रकार के होंठ फड़के, "टूणी ने कहा था, 'एक वादा कर ले, बाबू! जब तक मेरे दिल का प्याला खत्म न हो जाए, तू उतनी देर किसी दूसरे प्याले को मुंह न लगाएगा।'...वह सामने खड़ी हुई टूणी गवाह है, मैंने किसी दूसरे प्याले को मुंह नहीं लगाया।"

सामने टूणी का चित्र था। टूणी एक लड़की, एक जाम! ... मौत ने चित्रकार के हाथों से वह जाम छीन लिया, पर कोई मौत उसकी कल्पना में से बह जाम न छीन सकी...और चित्रकार की सारी उम्र पीते

हुए बीत गई; उस जाम की शराब खत्म न हुई!

लगभग एक बरस हो चला है, मैंने सुमेश नन्दा के मुंह से यह कहानी अपने कानों से सुनी थी, और फिर अगले हफ्ते अपने हाथों से लिखी थी, पर तब उन्होंने मुझे छपाने की आज्ञा नहीं दी थी। तब मैंने कहानी में उनका एक कल्पित नाम लिखा था। उन्होंने कहा था, 'जब तक मेरी उम्र का अन्तिम दिन नहीं आता, मेरा कोई दावा नहीं बनता। इस जाम को पीते हुए मुझे उम्र का अन्तिम दिन भी खत्म कर लेने दो, फिर इस कहानी को छपाना; अभी नहीं। और तब, बेशक मेरा नाम भी बदलकर न लिखना।'

और अब, पिछले हफ्ते, आपने पत्रों में पढ़ा होगा, प्रसिद्ध चित्रकार सुमेश नन्दा की मृत्यु हो गई। चित्रकार की कला के सम्बन्ध में पत्रों के कई कालम भरे हुए थे और एक-दो पत्रों में यह भी लिखा हुआ था, 'जिस कमरे में चित्रकार ने अन्तिम सांस ली, उस कमरे में उनकी बनाई हुई एक ही तस्वीर लगी हुई थी, 'एक लड़की : एक जाम'।

उम्र छोटी थी, जाम बड़ा था—आज चित्रकार का दावा सत्य हो गया है। इस कहानी में आज मैंने कुछ नहीं बदला सिर्फ उनका असली नाम लिख दिया है, उन्हींके कहने के अनुसार!

# उधड़ी हुई कहानियां

मैं और केतकी अभी एक दूसरी की वाकिफ नहीं हुई थीं कि मेरी मुस्कराहट ने उसकी मुस्कराहट से दोस्ती गांठ ली। मेरे घर के सामने नीम के और कीकर के पेड़ों में घिरा हुआ एक बांध है। बांध की दूसरी ओर सरसों और चनों के खेत हैं। इन खेतों की बाई बगल में किसी सरकारी कालेज का एक बड़ा बगीचा है। इस बगीचे की एक नुक्कड़ पर केतकी की झोंपड़ी है। बगीचे को सींचने के लिए पानी की छोटी-छोटी खाइयां जगह-जगह बहती हैं। पानी की एक खाई केतकी की झोंपड़ी के आगे से भी गुज़रती है। इसी खाई के किनारे बैठी हुई केतकी को मैं रोज़ देखा करती थी। कभी वह कोई हंडिया या परात साफ कर रही होती और कभी वह सिर्फ पानी की अंजुलियां भर-भरकर चांदी के गजरों से लदी हुई अपनी बांहें धो रही होती। चांदी के गजरों की तरह ही उसके बदन पर ढलती आयु ने मांस की मोटी-मोटी सिलवटें डाल दी थीं। पर वह अपने गहरे सांवले रंग में भी इतनी सुन्दर लगती थी कि मांस की मोटी-मोटी सिलवटें मुझे उसकी उमर की सिंगार-सी लगती थीं। शायद इसीलिए कि उसके होंठों की मुस्कराहट में एक अजीब-सी

भरपूरगी थी, एक अजीब तरह की संतुष्टि, जो आज के ज़माने में सबके चेहरों से खो गई है। मैं रोज़ उसे देखती थी और सोचती थी कि उसने जाने कैसे यह भरपूरता अपने मोटे और सांवले होंठों में संभालकर रख ली थी। मैं उसे देखती थी और मुस्करा देती थी। वह मुझे देखती और मुस्करा देती। और इस तरह मुझे उसका चेहरा बगीचे के सैकड़ों फूलों में से एक फूल जैसा ही लगने लगा था। मुझे बहुत-से फूलों के नाम नहीं आते, पर उसका नाम मुझे मालूम हो गया था—'मांस का फूल'।

एक बार मैं पूरे तीन दिन उसके बगीचे में न जा सकी। चौथे दिन जब गई तो उसकी आंखें मुझसे इस तरह मिली जैसे तीन दिनों से नहीं, तीन सालों से बिछुड़ी हुई हों।

"क्या हुआ बिटिया! इतने दिन आई नहीं?"

"सर्दी बहुत थी अम्मां! बस बिस्तर में ही बैठी रही।"

"सचमुच बहुत जाड़ा पड़ता है तुम्हारे देश में।"

"तुम्हारा कौन-सा गांव है अम्मां?"

"अब तो यहां झोंपड़ी डाल ली, यही मेरा गांव है।"

"यह तो ठीक है, फिर भी अपना गांव अपना गांव होता है।"

"अब तो उस धरती से नाता टूट गया बिटिया! अब तो यही कार्तिक मेरे गांव की धरती है और यही मेरे गांव का आकाश है।"

"यही कार्तिक," कहते हुए उसने झुग्गी के पास बैठे हुए अपने मर्द की तरफ देखा। आयु के कुबड़ेपन से झुका हुआ एक आदमी ज़मीन पर तोले और रस्सियां बिछाकर एक चटाई बुन रहा था। दूर पड़े हुए कुछ गमलों में लगे हुए फूलों को सर्दी से बचाने के लिए शायद चटाइयों की आड़ देनी थी।

केतकी ने बहुत छोटे वाक्य में बहुत बड़ी बात कह दी थी। शायद बहुत बड़ी सच्चाइयों को अधिक विस्तार की ज़रूरत नहीं होती। मैं एक

हैरानी से उस आदमी की तरफ देखने लगी जो एक औरत के लिए धरती भी बन सकता था और आकाश भी।

"क्या देखती हो बिटिया! यह तो मेरी 'बिरंग चिट्ठी' है।"

"बैरंग चिट्ठी!"

"जब चिट्ठी पर टिक्कप नहीं लगाते तो वह बिरंग हो जाती है।"

"हां अम्मां! जब चिट्ठी पर टिकट नहीं लगी होती तो वह बैरंग हो जाती है।"

"फिर उसको लेने वाला दुगुना दाम देता है।"

"हां अम्मां! उसको लेने के लिए दुगुने पैसे देने पड़ते हैं।"

"बस यही समझ लो कि इसको लेने के लिए मैंने दुगुने दाम दिए हैं। एक तो तन का दाम दिया और एक मन का।"

मैं केतकी के चेहरे की तरफ देखने लगी। केतकी का सादा और सांवला चेहरा ज़िन्दगी की किसी बड़ी फिलासफी से सुलग उठा था।

"इस रिश्ते की चिट्ठी जब लिखते हैं तो गांव के बड़े-बूढ़े इसके ऊपर अपनी मोहर लगाते हैं।"

"तो तुम्हारी इस चिट्ठी के ऊपर गांव वालों ने अपनी मोहर नहीं लगाई थी?"

"नहीं लगाई तो क्या हुआ। मेरी चिट्ठी थी, मैंने ले ली। यह कार्तिक की चिट्ठी तो सिर्फ केतकी के नाम लिखी गई थी।"

"तुम्हारा नाम केतकी है? कितना प्यारा नाम है! तुम बड़ी बहादुर औरत हो अम्मां!"

"मैं शेरों के कबीले में से हूं।"

"वह कौन-सा कबीला है अम्मां?"

"यही जो जंगल में शेर होते हैं, वे सब हमारे भाई-बन्धु हैं। अब भी जब जंगल में कोई शेर मर जाए तो हम लोग तेरह दिन उसका

मातम मानते हैं। हमारे कबीले के मर्द लोग अपना सिर मुंडा लेते हैं, और मिट्टी की हंडिया फोड़कर मरने वाले के नाम पर दाल-चावल बांटते हैं।"

"सच अम्मां?"

"मैं चकमक टोला की हूं। जिसके पैरों में कपिलधारा बहती है।"

"यह कपिलधारा क्या है अम्मां!"

"तुमने गंगा का नाम सुना है?"

"गंगा नदी?"

"गंगा बहत पवित्र नदी है, जानती हो न?"

"जानती हूं।"

"पर कपिलधारा उससे भी पवित्र नदी है। कहते हैं कि गंगा मइया एक साल में एक बार काली गाय का रूप धारण कर कपिलधारा में स्नान करने के लिए जाती है।"

"वह चकमक टोला किस जगह है अम्मां?"

"करंजिया के पास।"

"और यह करंजिया?"

"तुमने नर्मदा का नाम सुना है?"

"हां, सूना है।"

"नर्मदा और सोन नदी भी नज़दीक पड़ती हैं।"

"ये नदियां भी बहुत पवित्र हैं?"

"उतनी नहीं, जितनी कपिलधारा। यह तो एक बार जब धरती की खेतियां सूख गई थीं, और लोग बेचारे उजड़ गए थे, तो उनका दुःख देखकर ब्रह्माजी रो पड़े थे। ब्रह्माजी के दो आंसू धरती पर गिर पड़े। बस जहां उनके आंसू गिरे वहां ये नर्मदा नदी और सोन नदी बहने लगीं। अब इनसे खेतों को पानी मिलता है।"

"और कपिलधारा से?"

"इससे तो मनुष्य की आत्मा को पानी मिलता है। मैंने कपिलधारा के जल में इशनान किया और कार्तिक को अपना पति मान लिया।"

"तब तुम्हारी उमर क्या होगी अम्मां?"

"सोलह बरस की होगी।"

"पर तुम्हारे मां-बाप ने कार्तिक को तुम्हारा पति क्यों न माना?"

"बात यह थी कि कार्तिक की पहले एक शादी हुई थी। इसकी औरत मेरी सखी थी। बड़ी भली औरत थी। उसके घर चुन्दरू-मुंदरू दो बेटे हुए। दोनों ही बेटे एक ही दिन जनमे थे। हमारे गांव का 'गुनिया' कहने लगा कि यह औरत अच्छी नहीं है। इसने एक ही दिन अपने पति का संग भी किया था और अपने प्रेमी का भी। इसीलिए एक की जगह दो बेटे जनमे हैं।"

"उस बेचारी पर इतना बड़ा दोष लगा दिया?"

"पर गुनिया की बात को कौन टालेगा! गांव का मुखिया कहने लगा कि रोपी को प्रायश्चित्त करना होगा। उसका नाम रोपी था। वह बेचारी रो-रोकर आधी रह गई।"

"फिर?"

"फिर ऐसा हुआ कि रोपी का एक बेटा मर गया। गांव का गुनिया कहने लगा कि जो बेटा मर गया, वह पाप का बेटा था इसीलिए मर गया।"

"फिर?"

रोपी ने एक दिन दूसरे बेटे को पालने में डाल दिया और थोड़ी दूर जाकर महुए के फूल डलियाने लगी। पास की झाड़ी से भागता हुआ एक हिरन आया। हिरन के पीछे शिकारी कुत्ता लगा हुआ था। शिकारी कुत्ता जब पालने के पास आया तो उसने हिरन का पीछा छोड़ दिया और पालने में पड़े हुए बच्चे को खा लिया।"

"बेचारी रोपी!"

"अब गांव का गुनिया कहने लगा कि जो पाप का बेटा था उसकी आत्मा हिरन की जून में चली गई। तभी तो हिरन भागता हुआ उस दूसरे बेटे को भी खाने के लिए पालने के पास आ गया।"

"पर बच्चे को हिरन ने तो कुछ नहीं कहा था। उसको तो शिकारी कुत्ते ने मार दिया था।"

"गुनिए की बात को कोई नहीं समझ सकता बिटिया! वह कहने लगा कि पहले तो पाप की आत्मा हिरन में थी, फिर जल्दी से उस कुत्ते में चली गई। गुनिया लोग बात की बात में मरवा डालते हैं। बसाई का नन्दा जब शिकार करने गया था तो उसका तीर किसी हिरन को नहीं लगा था। गुनिया ने कह दिया कि ज़रूर उसके पीछे उसकी औरत किसी गैर मरद के साथ सोई होगी, तभी तो उसका तीर निशाने पर नहीं लगा। नन्दा ने घर आकर अपनी औरत को तीर से मार दिया।"

"अरे!"

"गुनिया ने कार्तिक से कहा कि वह अपनी औरत को जान से मार डाले। नहीं मारेगा तो पाप की आत्मा उसके पेट से फिर जनम लेगी और उसका मुख देखकर गांव की खेतियां सूख जाएंगी।"

"फिर?"

"कार्तिक अपनी औरत को मारने के लिए सहमत न हुआ। इससे गुनिया भी नाराज़ हो गया और गांव के लोग भी।"

"गांव के लोग नाराज़ हो जाते हैं तो क्या करते हैं?"

"लोग गुनिया से बहुत डरते हैं। सोचते हैं कि अगर गुनिया जादू कर देगा तो सारे गांव के पशु मर जाएंगे। इसलिए उन्होंने कार्तिक का हुक्का-पानी बन्द कर दिया।"

"पर वे यह नहीं सोचते थे कि अगर कोई इस तरह अपनी औरत

को मार देगा तो वह खुद ज़िन्दा कैसे बचेगा?"

"क्यों, उसको क्या होगा?"

"उसको पुलिस नहीं पकड़ेगी?"

"पुलिस नहीं पकड़ सकती। पुलिस तो तब पकड़ती है जब गांववाले गवाही देते हैं। पर जब गांववाले किसीको मारना ठीक समझते हैं तो पुलिस को पता नहीं लगने देते।"

"फिर क्या हुआ?"

"बेचारी रोपी ने तंग आकर महुए के पेड़ से रस्सी बांध ली और अपने गले में डालकर मर गई।"

"बेचारी बेगुनाह रोपी!"

"गांववालों ने तो समझा कि बात खत्म हो गई। पर मुझे मालूम था कि बात खत्म नहीं हुई, क्योंकि कार्तिक ने अपने मन में ठान लिया था कि वह गुनिया को जान से मार डालेगा। यह तो मुझे मालूम था कि गुनिया जब मर जाएगा तो मरकर राखस बनेगा।"

"वह तो जीते-जी भी राक्षस था!"

"जानती हो राखस क्या होता है?"

"क्या होता है?"

"जो आदमी दुनिया में किसीको प्रेम नहीं करता, वह मरकर अपने गांव के दरखतों पर रहता है। उसकी रूह काली हो जाती है, और रात को उसकी छाती से आग निकलती है। वह रात को गांव की जवान लड़कियों को डराता है।"

"फिर?"

"मुझे उसके मरने का तो गम नहीं था। पर मैं जानती थी कि कार्तिक ने अगर उसको मार दिया तो गांववाले कार्तिक को उसी दिन तीरों से मार देंगे।"

"फिर?"

"मैंने कार्तिक को कपिलधारा में खड़े होकर वचन दिया कि मैं उसकी औरत बनूंगी। हम दोनों इस देश से भाग जाएंगे। मैं जानती थी कि कार्तिक उस देश में रहेगा तो किसी दिन गुनिया को ज़रूर मार देगा। अगर वह गुनिया को मार देगा तो गांववाले इसको मार देंगे।"

"तो कार्तिक को बचाने के लिए तुमने अपना देश छोड़ दिया?"

"जानती हूं, वह धरती नरक होती है जहां महुआ नहीं उगता। पर क्या करती? अगर वह देश न छोड़ती तो कार्तिक ज़िन्दा न बचता और जो कार्तिक मर जाता तो वह धरती मेरे लिए नरक बन जाती। देश-देश इसके साथ घूमती रही। फिर हमारी रोपी भी हमारे पास लौट आई।"

"रोपी कैसे लौट आई?"

"हमने अपनी बिटिया का नाम रोपी रख दिया था। यह भी मैंने कपिलधारा में खड़े होकर अपने मन से वचन लिया था कि मेरे पेट से जब कभी कोई बेटी होगी, मैं उसका नाम रोपी रखूंगी। मैं जानती थी कि रोपी का कोई कसूर नहीं था। जब मैंने बिटिया का नाम रोपी रखा तो मेरा कार्तिक बहुत खुश हुआ।"

"अब तो रोपी बहुत बड़ी होगी?"

"अरी बिटिया! अब तो रोपी के बेटे भी जवान होने लगे। बड़ा बेटा आठ बरस का है और छोटा छ: बरस का। मेरी रोपी यहां के बड़े माली से ब्याही है। हमने दोनों बच्चों के नाम चुन्दरू-मुन्दरू रखे हैं।"

"वही नाम जो रोपी के बच्चों के थे?"

"हां, वही नाम रखे हैं। मैं जानती हूं, उनमें से कोई भी पाप का बच्चा नहीं था।"